# 最凶の恋人—ある訣別《けつべつ》—

FUUKO MINAMI
水壬楓子

*Illustration*
しおべり由生

SLASH
B-BOY NOVELS

この物語はフィクションであり、実際の人物・団体・事件等とは、一切関係ありません。

CONTENTS

# choice

——訣別——

「――あ、おいっ、遙《はるか》？」

ふいに声をかけられたのは、朝木《あさぎ》遙がセルフのコーヒーショップのカウンターでカップを受け取った時だった。

え？　と振り返った、その目の前に立ちふさがるようにして現れた男の姿に、遙は一瞬、目を見張る。

中肉中背で、髪はさっぱりと清潔に調えられ、しかしいくぶんくたびれたスーツ姿の普通のサラリーマンだ。

が、その顔には見覚えがあった。

「智明《ともあき》さん…。おひさしぶりです」

確認し、遙はようやくかすれた声を絞り出した。

反射的に愛想笑いを浮かべたが、自分でもぎこちないのがわかる。

……決して、会いたくない相手というわけではなかったけれど。

「あー、やっぱり遙か。よかったよ、人違いじゃなくて」

相手は屈託のない笑みを浮かべ、ポンポンと気安い調子で遙の腕をたたいてきた。

「一人か？」

きょろきょろとあたりを見まわして聞かれ、仕方なく、ええ、とうなずく。


「ちょっと待っててくれ」

そう言いおくと、せかせかと男は財布をポケットから出しながらレジに並んだ。

コーヒーを頼む男の横顔を眺め、少しばかり気まずい思いがあったものの、自分も買ったばかりのコーヒーを手にした状態では、逃げるに逃げられない。

平日の午後。

智明はきっちりとしたスーツ姿だった。

普通の勤め人ならば、それがあたりまえなのだろう。

小瀬《おぜ》智明は三つ年上の、遙の従兄弟《いとこ》だった。母の弟の息子。

遙の両親は、遙が十歳の時に事故死した。その後、叔父《おじ》のもとへ引き取られ、二年ほど、智明とも一緒に暮らしたことがある。小学校を卒業するまで、だ。

突然やってきた厄介者とはいえ、決して、その叔父の家で、遙が理不尽な扱いを受けたわけではない。

叔父夫婦も、従兄弟である智明も、よくしてくれた。両親を亡くした遙を、気遣ってもくれていたのだろう。

ただ、やはり居心地がいい、というわけにはいかなかった。叔父たち家族の腫《は》れ物に触るような態度が落ち着かなかったし、家族というより、常にお客様扱いという空気を感じていた。

あるいはそれは、遙が持ちこんだ「養育費」のせいだったのかもしれない。

一人息子だった遙は、両親の財産や保険金をすべて相続することになったわけだが、さすがに十歳の子供にそのまま任されるわけではない。引き取ってくれた叔父が後見人となり、遙が成人するまで、財産の管理をしてくれることになっていた。

メーカーの研究職にいた父と、保険会社の幹部社員だった母は、遙が中学、高校を出てさらに大学へ進学できるだけのものを残してくれていた。財産家というほど裕福ではなかったが、共働きでもあり、堅実な家庭だったのだ。

叔父はそれを横領した——というより、「借りた」つもりのようだった。自分の会社の運用資金に。

最終的に遺産が遙の手元にもどった時、預金などはかなり目減りしていた。まあ、根こそぎ奪い取るほど悪辣《あくらつ》だったわけではなく、遙も二年間の養育費と理解していた。

そして遙は、中学へ進学する際に、叔父の家からは遠く離れた地方の全寮制私立である瑞杜《みずもり》学園を選んだ。

そこで、柾鷹《まさたか》と出会ったのだ。

現在、指定暴力団神代《かみしろ》会系千住《せんじゅ》組の組長である千住柾鷹である。

初めて出会ってからもう二十年以上にもなる、腐れ縁だ。

瑞杜の高等部を卒業してから十年ほどはまったく会うこともなく、その縁もいったんは切れていたはずだったが……、それを再びつなぎ直したのが柾鷹だったのか、あるいは自分だったのか。

『こんなところで待ってやがる』

そんな言葉で、柾鷹は遙の前に現れた。

大学を卒業し、母校で教鞭《きょうべん》を執っていた遙の、受け持ちの生徒の保護者として。

待っていたつもりなどなかった。

だがあえて、いい思い出があるはずもない、柾鷹と出会った場所を職場に選んだのはなぜだったのか。

……結局はそういうことだ。

理不尽だと思い、腹を立て、逃げてみても、忘れられなかった。

母校での仕事を辞め、千住組の本家で暮らすようになって、遙は徐々に、かつての友人や親戚《しんせき》関係との連絡を絶つようにしていた。

自分がヤクザになったわけではないとはいえ、ヤクザの「女」だ。どんなとばっちりが行くかもわからない。

さすがにかつて世話になった叔父とは、今も年賀状程度のやりとりはしていたが、最後に顔を合わせたのは、もう七、八年も前、遙が瑞杜に採用された時だった。

智明はその当時、すでに都内の会社に就職し、家を出ていたから、それ以上に会っていなかったことになる。

さすがに年を取ったな…、という印象だった。もっともそれも、おたがいさま、なのだろう。

昔、遙の手を引いてくれた三つ年上の従兄弟は、やはり今でも「お兄ちゃん」という印象が強く残っている。それだけにスーツ姿が馴染《なじ》む雰囲気は、どこか距離があった。

「待たせたな。あー…、外のテーブルに行こうぜ」

自分のコーヒーを片手に、八割方埋まっていた店内をざっくりと見まわしてから智明が言ったのに、遙もうなずいた。

四月の下旬。

天気はいいが、さほど暑くもなく、風が心地よい季節だ。

「それにしても…、すごいひさしぶりだよな。もう何年になるんだっけ？　最後に会ってから」

テーブルに着き、持っていたブリーフケースを隣のイスにのせて、智明がそんなふうに口を開いた。

「多分…、俺が大学三年の冬に叔父さんの家に挨拶に行った時、智明さんも帰省してて。その時じゃないかな」

「じゃあ、もう十年以上だよな…。おまえ、めったに帰ってこなかったし」

コーヒーを口にしてから、智明が小さくため息をつくように言った。

「おまえさ…、たまにはうちに帰ってこいよ。正月とかさ。おまえの家だと思って。変な遠慮する必要はないだろ？　オヤジたちもおまえのことは気にしてるしさ」

「ええ…、すみません」

そんな言葉に、遙はわずかに目を伏せて答えた。だがおそらく、遙が叔父の家を訪ねることはもうないだろう、と思う。

「ま、つっても、俺も大学出てからこっち、ろくに家には帰ってないけどな」

苦笑するように言ってから、ふと思い出したように智明が首をかしげた。

「おまえ、今、何してるんだっけ？　先生は辞めたんだよな。って、今日は休みなのか？」

今さらながらに、遙のラフな格好に気づいたのだろう。

「ええと…、今、フリーでファイナンシャル・プランナーのような仕事をしてるんですよ。在宅の仕事なので、時間はわりと自由になるんで」

そんなふうに、遙はごまかす。

実入りという意味では、株取引の方がずっと多かったわけだが。

「へー、そりゃすごい。あれって結構、資格、難しいんだろ？」

わずかに目を見開いて、智明が興味を示した。

「まあ、なんとか」

「ま、おまえは昔から頭よかったもんな。オヤジたち、感心してたよ。そういう意味じゃ、俺はおまえと一緒の学校じゃなくて、ホッとしてたんだよな」

小さく肩を揺らして、笑ってみせる。そして何気ないように尋ねてきた。

「この近所に住んでんのか？」

「いえ、まさか」

都内の一等地だ。

「今、近くのビジネススクールに通ってるんですよ」

へぇ…、とそれに目を丸くしてみせる。

「まだ勉強してんのか」

「智明さんは確か…、文具メーカーに就職したんでしたっけ？」

そんな話をちらっと叔父から聞いていたような気がする。

「文具メーカーじゃなくて、その卸《おろし》の会社だよ。文具とか、コピー機とか。その営業、やってるんだ」

そんな説明に、なるほど、と遙はうなずいた。

今も、その営業の途中なのだろう。持っていたブリーフケースはそこそこの厚みがあり、かなり重そうで、パンフレットなどが入っているのだろうか。

「あ。これ、名刺な」

思い出したようにポケットに手を入れ、名刺入れから一枚取り出して、テーブルの上で差し出してくる。

「あ…、すみません。俺、今、名刺持ってなくて」

もらった名刺を手元に引きよせて、遙はあやまる。

まあ、店舗があっての仕事ではなく、そもそも名刺自体を作っていなかったのだが。

名刺には智明の名前と、会社名。そして係長の肩書きがある。

「あ、知り合いでコピー機とか換えるとこがあったら、紹介してくれよ」

「ええ。俺は個人事業なんで…、大きな買い物ができなくてすみません」

愛想よく営業にいそしまれ、しかし遙は申し訳なく頭を下げた。

千住組傘下の会社なら、コピー機を買い換えるような需要もあるだろうし、大量発注をしてやれるかもしれないが、まさか紹介するわけにもいかない。たとえそこが表向き、普通の会社だったとしても、智明を関わらせたくはない。

「いや、悪いな。身内にこんな話。この年だと、まあ、中間管理職ってヤツ？　上からは成績成績ってうるさいし、下からは突き上げが来るしでさ…」

智明がいくぶん疲れたように笑い、コーヒーをグッと喉《のど》に落とした。

三十六歳。いや、七だろうか。

確かに、新入社員ほど溌剌《はつらつ》とした様子ではなく、かといってキャリアに磨きをかけているようなやり手という雰囲気でもない。

良くも悪くも、普通のサラリーマンなのだろう。

昔からそういうタイプではあった。

真剣に取り組めば、勉強にしても、運動にしてもそこそこのところへ行けたはずだが、そこまでの持久力がない。本人としてもそれほどの熱意はなく、もっぱらその時々の趣味に時間と労力をかける。

一時期、釣りにはまっていたらしく、遙も一度、連れていってもらったことがあった。

少しばかりコレクション癖もあり、以前はアニメのフィギュアとか、食玩とかを集めていたが、今は何にハマっているのだろうか。

ざっと見たところ、スーツにそれほど金はかかっていないようだが、腕時計はいいものだった。どこか、スーツや靴にそぐわない。

「智明さん、今は時計のコレクションをしてるんですか?」

「あ、コレか？」

ちらっと微笑《ほほえ》んで尋ねると、いくぶん自慢そうに智明の頰《ほお》が緩んだ。

「ちょっとイイだろ？　パラネイのマリーナってヤツ」

イタリアのブランドだ。シックでクラシカルなデザイン。手頃なモデルでも、七、八〇万はするんじゃないだろうか。

「そんなんじゃ、結婚はまだ先になりそうですね」

智明もまだ結婚したという話は聞かない。

からかうように言った遙に、智明が肩をすくめてみせた。

「言うなよ。お袋たちにも帰るたび、言われてんだから」

趣味に金を注ぎこんでいるようでは、まだ先の話になりそうだな…、と遙は内心で苦笑する。

もっとも人のことを言えた義理ではなく、遙の方は悪い男に捕まってしまったという、おそらくはもっとタチが悪い状況だ。

それから、しばらく昔話に花を咲かせ、ちょっとした仕事の愚痴を聞き、叔父夫婦の近況を聞き、他の、もっと縁遠い親戚の様子を聞き。

「おっと、そろそろ行かなきゃな」

ちらっと腕時計に目を落とし、智明がせかせかと席を立った。

午後の三時過ぎ。営業の合間の休憩だったのだろう。

「あ、そうだ。携帯の番号、教えてもらえるか？」

自分の携帯電話を取り出しながら聞かれて、遙はためらったものの、さすがにダメだとは言えない。

遙が口にした番号を手元で打ちこみ、そのまま一度鳴らして、遙の方に自分の番号を移す。

「じゃあ、またな。あ、時間があったら一度、飲もうぜ。そういや、おまえとは飲んだことなかったしな。一度、じっくりさ」

気軽な調子でそんなふうに言われ、遙は静かに微笑んだ。

「ええ。会えてよかったですよ」

本心から、遙は言った。

ここで会えてよかった。

だがこの先、遙から連絡を取るつもりはなかった。叔父夫婦にも、智明にも世話になった、という思いがあるだけに、よけいに、だ。

智明たちと暮らしたのは、小学校五、六年の、ほんの二年ほどだった。両親を一度に亡くしたショックと、それまであまり顔を合わせたこともなかった親戚の家で暮らさなければならない、という状況に、遙は緊張していた。

おそらく、叔父夫婦も、智明も、できる限りのことはしてくれたのだろう。さほど懐かなかったのは、遙があまり可愛《かわい》くない子供だった、というだけだ。

もちろん智明とも不仲だったわけではなく、中学時代に遙が帰省した時には、友人たちの誘いを断って、遙を初詣《はつもうで》に連れていってくれたこともあった。あるいは、両親に言われて渋々だったのかもしれないが、普通に「いい親戚のお兄ちゃん」だったと言えるだろう。

両親の葬式の時には、ただ呆然《ぼうぜん》としていた遙に、ずっと付き添ってもくれていた。

そして血のつながらない叔母《おば》は、十分に親切だった。

雨の中、傘を持たずに学校に行った遙を迎えに来てくれたこともあったし、遠足のお弁当も作ってくれた。

たまに思い返すと、懐かしい思い出はいくつもある。

もともと親戚の少ない遙にとっては、ほとんど唯一、残された家族だと言えた。

それだけに、距離を取る必要があると思っていた。

智明にしても、自分の仕事、交友関係がある。わざわざ遙を呼び出す必要はないし、そんな時間もないだろう。

そのうちに遙が携帯の番号を変えれば、そこで関係は切れる。

一度飲もう、というのも、社交辞令のような口約束で終わるはずだった——。

◇　◇

それからひと月ほど——。

遙の携帯が音を立てたのは、そろそろ五月が終わろうかという、ある夜だった。

遙がふだん暮らしている、千住組本家の離れに、柾鷹が押しかけていた時だった。

しかも、今まさにベッドに押し倒された瞬間だ。

「……おいっ、ちょっと待て。電話だ」

ずっしりと覆い被《かぶ》さってきた男の重い身体《からだ》を押しのけ、遙が身を起こす。

「んだよ…、ほっとけよ、そんなの」

すでにパジャマ代わりの浴衣《ゆかた》を着崩していた男が、ボリボリと胸のあたりをかきながら不機嫌にうめく。

「そうはいかないだろ」

携帯に着信が入るのはめずらしい。

仕事関係、あるいはディーリングの関係ならば、ほとんどがメールでのやりとりだし、かかってくるとしたら、今、目の前にいる男か、若頭《わかがしら》である狩屋《かりや》からだ。

それ以外だと、ほとんど心当たりはないのだが、数人いる他の組の知り合いとか、あるいはディーリング仲間からの、よほど突発的な情報とか。

いずれにしても、確認する必要がある。

しつこくしなだれかかってくる男を突き放し、遙はいったん立ち上がって、パソコンデスクに置いてあった携帯を拾い上げた。

画面に表示されている名前は、小瀬智明、だ。

「智明さん…？」

思わずつぶやいた遙に、背中からいかにも物騒な声が張りついてきた。

「……あぁ？　誰だ、智明ってのは？　おまえ、まさか浮気してんじゃねーだろーなァ？」

本気で言っているわけではないだろうし、要するにいちゃもんをつけたいだけだ。それで、あわよくば遙を動揺させ、主導権を握ろうという魂胆《こんたん》。

「バカ。従兄弟だよ」

軽くあしらってから、遙は鳴り続けるコールに少し迷った。

「どうした？　出なくていいのか？」

そんな様子に、柾鷹の方が怪訝《けげん》そうに声をかけてくる。

「そうだな…」

迷う心のままに、どっちつかずの返事をし、ようやく着信を受けた。

万が一、叔父夫婦のどちらかに何かがあった、という連絡の可能性もある。あるいは、智明自身に。

『あ、もしもし、遙かっ？』

つながった瞬間、勢いこんだ声が耳に飛びこんできた。

「智明さん…、どうも。あの、何か…？」

『あのさ…、こないだ、言ってた話。ほら、いっぺん飲もうって。おまえの都合がよければ、明日とかどうかと思ってさ』

とまどったまま、ようやく言葉を押し出した遙に、智明が畳みかけるように口にした。

確かにそんな流れではあったが、空約束の類《たぐい》だ。本当に考えていたとは思えず、実際、ずいぶんと唐突な誘いだった。

「ええと…、今、ちょっと…」

『明日の都合が悪ければいつでもいい。場所や時間は俺の方が合わせるからさっ』

遙の言葉が終わらないうちに、咳《せ》きこむようにして続けられ、遙は思わず口ごもってしまった。

そこまで強く言われる意味がわからないし、断れる雰囲気でもない。それに少し、違和感を覚える。

『頼むよ。ちょっと時間、くれないか？　相談があるんだ』

黙りこんだ遙に、向こうからどこかせっぱ詰まった声が響いてくる。

——相談……？

そんな言葉に、遙は無意識に唇《くちびる》をなめた。

少しばかり焦《じ》れたように、ベッドの上を這《は》うようにして近づいてきた柾鷹が、遙の腰に腕をまわしてくる。

それを横目ににらみ、いたずらしようとする男の手を、空いている片手でなんとか押さえこみながら、遙はいくぶん早口に言った。

「わかりました。じゃあ、ちょっと予定を見てみて、あとで……明日にでもメールします」

『あ…ああ。悪いな』

ホッとしたように智明が息をつき、じゃあ頼むな、と電話が切れる。

「なんだ？　昔、おまえをいじめたヤツなら、俺が仇《かたき》を取ってやるぞー」

柾鷹がベッドの上で膝立《ひざだ》ちになり、遙の背中に這い上がるようにして張りついてきた。両腕を前にまわし、肩越しに強引に顎《あご》を引きよせようとする。

そんな言い方に、遙はちょっと笑ってしまった。

カワイイ――気もするが、この男に仇なんか取ってもらったら、相手の人生が終わりそうだ。

「俺が黙っていじめられてると思うか？」

「まぁな…。おまえ、気は強いもんなァ」

肩をすくめた遙に、柾鷹があっさりと言う。

そして遙の腰にまわした腕に力をこめ、一気に引き倒すようにしてベッドへ転がした。

「おい…っ」

そのままのしかかってきた男の腕をよけ、遙は精いっぱい腕を伸ばして、サイドテーブルに手にしていた携帯を避難させる。

柾鷹が上からまっすぐに遙を見下ろしたまま、淡々とした調子で聞いてきた。

「会いたくねぇ相手なのか？」

「会いたくないわけじゃない。……会わない方がいいと思うだけだ」

何気なく視線を逸《そ》らし、静かに返した、その言葉の意味を察したのだろう。

わずかに目をすがめて遙を眺め、そしてかすかに、唇だけで笑った。

「悪いな」

短い言葉とともに、そっと伸びてきた男の手が遙の唇を撫《な》で、うなじにすべる。

「今さらだろ」

一言だけ答え、遙もじっと男を見つめ返した。

それで柾鷹を責めることはしない。

自分が、決めたことなのだから。


遙が指定したのは、電話があってから三日後の夜だった。

場所は智明に任せた。食事をする店ならともかく、普通の飲み屋というのを、遙はほとんど知らない。

行きつけの居酒屋などもなく、行ったことがあるのは組関係のクラブやバーで、おそらく智明には、かなり敷居が高そうだった。

メールで告げられたのは洋食居酒屋といった洒落《しゃれ》た雰囲気の店で、へぇ…と思いつつ、約束の時間、遙は中へ入っていった。

先に来て待っていたらしい智明が、奥のテーブルから手を振って合図してくる。

「悪いな、急に呼び出して」

「いえ…」

せかせかとした様子ですわり直しながら言った智明に、遙は小さく答える。

「何飲む？　ビールでいいか？」

どこか機嫌を取るように聞かれて、ええ、と遙はうなずいた。

まずは乾杯な、と、とりあえずグラスを合わせ、一口、喉へと落とす。

「いそがしかったんだろ？　ホント、すまなかったな」

あー、と大きくうなるような息をついてから、どこか上目遣いにあらためて智明があやまってくる。

「いやぁ…、けど、おまえとこんなふうに飲める日が来るとはなぁ…。うちに来た時は、ほんとにちっこくってさ。ちょっと人見知りっぽくてな。うちに俺の友達が遊びに来るたび、隠れてたよな」

そんなこともあったかな、と思い返すと、やはり少し気恥ずかしくも、懐かしくも思う。

早くに両親の庇護《ひご》をなくした遙は、まわりの気配をうかがうのが聡《さと》い子供になっていたのだろう。注意深く相手を観察するような、嫌な子供にも。

誰も守ってくれる人間がいないのだから、何でも一人でできるように、そしてすべて自分で責任が取れるように、と思っていた。

慎重に生きてきたつもりだったが、……その結果が「ヤクザの愛人」だ。

ちょっと笑いたくなる。

皮肉な意味ではなく、仕方がないな…、というある種のあきらめ。

ただあきらめてから、開き直れたような気がする。行くところまで行っても、気兼ねをする家族はいない。

「でも、智明さんにはよく遊びに連れていってもらいましたね」

「あー…、近く駄菓子屋とか、ゲーセンとかだよな」

「初詣も」

「そうそう。行ったよな、天満宮《てんまんぐう》。お袋が小遣いくれたから、焼きもろこしとか食ったんだよな…。あと、釣りとか？」

「ええ。釣りは智明さんに教えてもらいましたからね」

ずっと遠い昔の、懐かしい記憶だった。

遙にしてみれば、中学で瑞杜に入ってから柾鷹と出会い、ともに学生時代を過ごした記憶の方が強烈で――それ以降の人生を変えてしまったわけだから。

おそらく…、智明の知っている自分は、今の自分ではない。

智明の口から語られる、今とは違う幼い頃の自分が遠く、少し切なく思う。

「それで、相談っていうのは何ですか?」

やはり気がかりなことを抱えたまま飲む気分にもなれず、遙はうながすように口にした。

「ああ、それだけどな…」

言いづらそうにわずかに視線を落とし、無意識のようにネクタイを緩めながら、智明がようやく口を開く。

「あのさ…、実は…、おまえに保証人になってもらえないかと思ってさ…」

「保証人?」

遙はわずかに眉《まゆ》をよせる。

賃貸アパートとかの、だろうか。引っ越しでもするのか。

「ええと…、叔父さんたちじゃダメなんですか?」

わざわざ遙が出るようなことでもない気がする。

「いや、それが……、ちょっとした借金の保証人なんだ。オヤジたちには妙な心配かけたくないしさ…」

ちらちらと上目遣いに遙の様子をうかがうようにしながら、智明があわてたように続ける。

「って言っても、大した金額じゃないんだ。三十万くらいなんだけどさ」

そんな従兄弟の様子を見つめ、遙はそっとため息をついた。

街金、だろうか？　趣味のための金なのか。

「智明さん…」

「ホント、ひさしぶりに会ってさ、悪いと思うけどっ。なんとか、頼めないかな？　迷惑はかけないからさ…！」

勢いこむようにして言われ、遙はわずかに唇を噛《か》むようにしてから言った。

「すみません。それは無理です」

「遙…！」

愕然《がくぜん》とした表情の智明に、遙は静かにつけ加える。

「でもそのくらいだったら、俺が貸すことはできますよ」

返してもらえることは期待していなかったが、かつて世話になった礼にもなる。

正直なところ、保証人になるより、よほどその方が気が楽だった。

智明にしても、当然、他に借金するよりはいいだろう——と思ったのだが。

「あ…、いや、それは……」

なぜかとまどったように視線を漂わせた。

「それは……、悪いよ。さすがに」

汗をにじませるようにして、口の中でもごもごと言った智明に、遙は首をかしげた。

プライドの問題だろうか?

だが遙にしても、保証人というのは受けるわけにはいかなかった。

妙なとばっちりが、智明にも、そして柾鷹の方にも行くことがあったらまずい。やはり街金は、裏社会とつながっていることが多いのだ。

「利子も必要ないですし。返済も、智明さんの都合のいい時で大丈夫ですから」

「い、いや…。だけどさ…」

智明が口ごもり、何かごまかすようにビールのジョッキを大きくあおる。

「今度、持ってきますよ」

なるべく軽い調子で言った遙に、智明はいくぶん強張《こわば》った笑みを浮かべてみせた。

「そ…そうか。悪いな」

なぜか困ったようにそう答えてから、智明は一気にビールを飲み干し、チューハイの注文を出した——。


その日、ずいぶんと酔っぱらった智明をタクシーに乗せてやってから、遙は帰ってきた。

そして翌日、メールで金を持っていくのにいつが都合がいいかを尋ねると、その週の土曜を指定される。

今度は昼間の喫茶店だった。

とはいえ、やはり智明はスーツ姿で、ただ今日はノーネクタイだった。

あらかじめ現金を引き出しておき、金が入った封筒を差し出した遙に、しかし智明の表情は落ち着かなかった。

「悪いな…、迷惑かけて」

そんなふうに言って、金を内ポケットにしまいながらも、どこかそわそわとしていた。

そして遙と視線を合わさないままに、言葉を押し出す。

「あのさ…、ついでみたいで悪いんだが、おまえに会ってほしい人がいるんだよ」

「誰ですか?」

遙は首をかしげる。

この様子では、恋人を紹介したいというような、穏やかで微笑ましい話ではなさそうだ。

いくぶん警戒しながら尋ねた遙に、智明が何度も唇をなめてから、ようやく口を開いた。

「いや、実は俺…、借金、もうあちこちにあってさ…。三十万くらいじゃ、ぜんぜん足りねぇんだよ」

そんな言葉にわずかに眉をよせる。

ということは、その借金の上に新たに三十万、借りるつもりだったのか。

「そ…それで、あっちこっち、ちょこちょことあったローンを一本化してくれたとこがあってな。そこの人が、その…、おまえに会いたいって言ってるんだよ」

おずおずとすがるような目で見上げられたが、遙は冷静に答えた。

「すみません。ちょっと意味がわからないんですが」

「お…俺だってわからねぇよ！」

ふいに、何かが弾《はじ》けたように大きな声を上げ、テーブルをたたいた智明にまわりの客たちの目がいっせいに集まった。ハッとしたように身体を縮め、智明が小さな声でうめいた。

「俺だってわからねぇよ…。なんか急におまえに会わせろって」

遙は思わず、内心でうめいた。

嫌な予感がした。

予感、というより、察しがついた、と言っていい。

「その相手は…、俺の名前を知ってたんですか？」

「ああ…。なんか、俺の親戚関係とか全部調べたみたいで」

……あるいは。

逆、なのかもしれなかった。

遙の親戚関係を調べて智明の名前が出た。だとすると、自分が智明を巻きこんだことにもなる。もちろん、もともとの借金自体は智明の問題だったとしても。

「どこの金融業者なんです？」

「え？　あ、ウェルス・キャッシングってとこだけど…」

とりあえず、聞いたことはない。が、それだけに裏社会とつながっていそうでもある。

「結局、借金はいくらあるんですか？」

「ろ…六百万……くらい、みたいだ」

さすがに驚いて、遙は尋ねていた。

「どうしてそんなに…？　何に使ったんですか？　時計ですか？」

そんな問いに、ハッとしたように智明が自分の腕を押さえる。

ちらっと見ると、この間――ひと月前に見たものとは変わっていた。

同じパラネイだったが、別の、ずっとランクが高いモデルだ。二百万は下らないだろう。

「え…、まあ、それもあるけどさ…。いろいろと物入りなんだよ。俺の立場だと、部下にもおごらなきゃいけない時もあるし。上司に付け届けとか、取引先への手土産《てみやげ》が自腹になったり…」

口の中で言い訳をする。

「けど、借りたのは、そんなにいってないはずなんだ…！　いつの間にか利子が膨らんでたみたいでさ」

遙は小さくため息をついた。

六百万の借金を肩代わりしてやることはできる。だがもし、ここで智明の借金をすべて精算してやったとしても、きっと同じことが繰り返されるだけだ。

「た…、頼む！　頼むよ、遙っ。俺の顔を立ててさ…！」

智明がわずかにテーブルに身を乗り出すようにして頼んできた。

「俺が行ってどうこうできることじゃないでしょう？」

「そ…、それは……。いや、けど、向こうがおまえを指名してるんだし…っ」

「よけいこじれるだけですよ。申し訳ありませんけど、智明さん。きちんと銀行か、叔父さんたちに話して、早めに決着をつけた方がいいですよ」

淡々とそれだけを言うと、失礼します、と遙は席を立った。

「お…おいっ、遙…！」

背中に張りつく声を振り切るようにして、そのまま店を出る。

苦い思いが胸の中に積もっていくのがわかった。

初めから、自分がターゲットにされたということだろうか？　そのせいで、智明が巻きこまれたのだろうか……？

柾鷹が――千住組が属する神代会の中で、遙を自分の組に引き抜こうとしている組があることはわかっていた。遙にディーリングをさせるためだ。

これまでもいろんなやり方で、かなり強引な勧誘があったわけだが、ついに身内が目をつけられた、ということなのかもしれない。

相手の組は見えないが、神代会の中で柾鷹と反目しているところなのだろう。

自分のせいで目をつけられたのであれば、智明に対しては申し訳ない気持ちがあるが、しかしここで自分が出ていっては相手の思うツボだというのはわかる。

……そして逆に言えば、自分が動くことで柾鷹に面倒をかけたくはなかった。

自分のことで、これ以上、組織の中を騒がせたくもない。

だが、これで相手があきらめてくれるのか……？

家に――本家の離れに帰っても、何をやる気にもなれず、遙は自分の部屋の中でぼんやりとしてしまっていた。

「はーるかっ」

と、どのくらいたったのか、ふいに耳に届いたそんな脳天気な声に、ようやく我に返る。

柾鷹だ。

気がつけば、いつの間にか日は暮れていて、部屋の中も人の顔がはっきりとしないほど、薄暗くなっていた。

戸口で明かりのスイッチが入れられ、一気に弾けた光に、遙はわずかに目を瞬かせる。

「……ああ。帰ったのか」

小さく息を吐き、遙はつぶやくように言った。

柾鷹は昨日から、一泊で地方へ出ていたのだ。系列の組の、襲名披露《しゅうめいひろう》か何かだったらしい。

どうやら帰ってきたその足で離れに来たのか、ネクタイは緩んでいたものの、きっちりとしたスーツ姿のままだった。

「そっけねぇなァ…」

いかにも不満そうに、柾鷹が唇を突き出してうなる。

「丸一日以上も会ってなかったんだぜぇ？　もうちょっとばかり熱烈歓迎してくれてもいいだろー」

ぶーたれながら近づいてきて、デスクの前のイスにすわっていた遙の横に立つと、キーボードの横に片手をつき、ぬっと遙の顔をのぞきこんできた。

いつもの軽い口調とは違い、まっすぐな眼差《まなざ》しに何かを見透かされそうで、遙は反射的に視線を逸らす。

「たった一日だろ。甘えるなよ」

まったく気がないように返して、反射的にパソコン画面に向き直った拍子に指がキーボードに触れ、いつの間にかスリープしていたパソコンが低い機械音を上げて目覚める。

立ち上がったままだったメーラーが、数通のメールを自動受信していた。片手がマウスに伸び、ざっと件名を確認して一つずつ開いていく。

そんな遙の両肩に腕をかけ、イスの背もたれ越しに、柾鷹がどっしりと背中に体重を預けてきた。

「重い」

顔はディスプレイに向けたまま、目でメールの文字を追いながら、遙はむっつりとうなる。

「何してたんだ？　真っ暗ん中で」

と、肩に顎をのせるようにして、柾鷹が何気ないように聞いてくる。

「いや…、別に。ちょっとぼうっとしてただけだよ」

一瞬、マウスをクリックする指が止まったものの、強いて遙は何でもないように返した。

「とか言ってな…。俺がいなくて淋《さび》しかったんだろー？　ん？」

秘密でもささやくような吐息だけの声で、柾鷹が耳元に言葉を落とす。

くすぐったくて、遙はわずかに肩を突き上げるようにして男の顔を払いながら、あえて冷淡に

言った。

「ハイハイ。思うのは勝手だからな」

それでも、そんないつもの軽口の応酬に、少しばかり心が和む。安心する。

変わらないな…、と、ふっと思った。

本質的に、この男は変わっていなかった。

出会った中学の頃から。

脳天気なほど前向きで、自信家で。

きっとどんな時でも、決して自分から勝負を降りるようなことはない。

もちろん、遙の知らないところで、想像もできないほどの苦労や悩みやいらだちはあるのだろうけど。

だがそれを、遙に見せたことはなかった。口にしたこともない。

まったく余裕のない、智明のどこか怯《おび》えたような、不安げな表情が目の前によみがえった。

同列においてはいけない、とは思う。

普通のサラリーマンなら、それこそ命のやりとりをするような「日常」ではないのだから。

その分、小狡《こずる》く逃げるやり方を探している。

「俺はすげぇ淋しかったんだぜ…？」

ねっとりと耳元で言いながら、熱い唇がうなじに押し当てられた。そのまま首筋をすべり、顎をかすめる。

再び前にまわってきた手が遙のシャツを引っぱり、焦れるようにボタンを外していく。わずかに開いた隙間《すきま》から片手を差しこみ、胸を撫で上げる。

馴染んだ指先の感触が肌《はだ》をたどり、物知り顔に這いまわって、狙いをつけた小さな獲物に襲いかかる。

「……っ」

指先で軽く胸の突起が弾かれ、遙は小さくこぼれそうになったあえぎをなんとか呑《の》みこんだ。

とっさにシャツの上から、男の手を押さえこむ。

「大事な…、儀式の最中だったんだろ…？　こんなことばっかり考えてたのか…？」

反射的に身体をよじり、声がうわずりそうになるのを抑えながら、必死に言葉を押し出した。

「あたりまえだろ。ああいう集まりは退屈なんだよ。早く帰って、ヤリてーなーっ、てコトばっか考えてたさ」

「不謹慎だな」

相変わらず、ではあるが、ちょっとあきれてため息をつく。

と同時に、妙におかしくなった。

「よく…、飽きないな」

ルームメイトになった高校時代からなら、十七、八年。再会してからでも、もう五、六年はたっている。

遙の身体も知り尽くし、いいかげん飽きてもいい頃だ。

ん？　と小さくうなった男が、ふっ、と吐息だけで笑った。

ふいに、がじっ、と軽く耳たぶが噛まれて、あっ…、とうわずった声がこぼれ落ちてしまう。

「バーカ」

そして笑うように、耳元でそれだけ返してきた。

と思ったら、いきなり、イスごと一気にぐるりとまわされた。

そのまま強引に腕が引かれ、腰が浮いてよろけた身体が抱きよせられて、あっという間に後ろのベッドへ放り出される。

あっ…、とあせって短い声を上げた遙が、反射的に起き上がるのを押さえこむようにして、男がのしかかってきた。

両方の手首をつかんでシーツへ張りつけ、貪るようにキスを仕掛けてくる。

とっさにかわすと、強欲な男の唇はさらに喉元から首筋へとすべり、痕《あと》を残すようにきつくついばむ。

なめるようにして一通りたどると、再び唇が塞《ふさ》がれ、ねっとりと舌が絡められた。

「ん…っ…、ふ…ぁ…っ」

息が上がるほど何度も味わってから、ようやく満足したのか、男がいったん身体を離す。

呼吸を整える遙を上から見下ろしながら、柾鷹がキュッ、と音を立ててネクタイを引き抜いた。

自分のシャツのボタンをむしり取るようにして外し、見せつけるようにしてベッドの脇に放り投げる。

ぼんやりとそれを眺めながら、ふと思い出して、遙は尋ねた。

「そういえば…、おまえ、ウェルス・キャッシングって消費者金融、知ってるか？」

いきなりの問いに、ふっと、ベルトを外しかけていた柾鷹の手が止まる。

「ウェルス…？　いや。狩屋なら知ってるかもしれねぇが」

そして、わずかに眉間《みけん》に皺《しわ》をよせるようにして答えた。

そういえばそうだ。柾鷹に聞くより、狩屋に聞いた方が確実なのだろう。

「それがどうした？」

引き抜いたベルトを投げ飛ばしながら、聞き返してくる。

「……いや、別に。そこで金を借りてる知人がいるから、危ないとこかどうかと思っただけだ」

「金借りるんなら、うちの傘下のを紹介してやるぜぇ？　安心安全。低金利で、いつもニコニコ現金払い。特別優遇で、手数料サービス」

めずらしく営業活動にいそしんだ男に、遙は小さく鼻を鳴らした。

「そんな危なそうなところを紹介するわけないだろ。骨までしゃぶり尽くすつもりのくせに」

そんな悪態に、にやりと男が笑った。

「ああ…。俺は情の深い男なんでな。骨まで愛してやるよ」

大昔の歌謡曲のようなセリフだ。

ちょっと笑ってしまう。

……おそらくは、智明もそんな罠《わな》にかかったのだろう。

抜け出せるのだろうか…?

ヘタに自分が関わると、よけいに難しくなることはわかっていた。

あきらめるのを待つしかない。あるいは、智明が断固たる態度を取るか、だ。

相手にしても、たたけばホコリが出るのは間違いないのだから。

「どうした? あんまり乗り気じゃねぇようだな…」

気がつくと、いつの間にか柾鷹の手が遙のシャツの前をはだけさせ、イタズラするように脇腹から胸を撫で上げていた。

いつの間にか遙のベルトも外され、ズボンのジッパーも引き下ろされている。

だが、いつものように抵抗する気力がなかった。いろいろと考えるのに疲れていたのだろう。

他に気にかかることも多すぎて。

その分、ふだんよりもずっと、ある意味、従順なはずだが、柾鷹としてはいささか物足りないのだろうか。

「俺が乗り気だったことがあるか？」

少しばかりむっつりと、投げ出すようにして聞き返してやる。

「えー。そうかぁ？　おまえ、いつもノリノリじゃねーかよ。イヤイヤ言いながらも、ガンガンに腰振ってるぜ？　——おわ…っ、いだだだだっ」

伸ばした手で無造作に唇の端をつかみ、思いきり引っ張ってやる。

「涙目でおねだりしてくんのはカワイイのになー」

柾鷹が手のひらで口を撫でながら、懲《こ》りずにうそぶく。

それをじろり、と遙は下からにらんだ。

誰がいつ、そんなことをした？　と、聞き返してやりたいところではあるが、少しばかりやぶ蛇《へび》な気がするので、それは言わない。

自分自身、まともな意識がない時も多かったし、……まあ、自覚がないわけでもないのだ。

「悪いが、本当に今日は無理かもしれないぞ……」

いそいそとズボンを引き下ろそうとする男に、遙は気怠《けだる》く前髪をかき上げながら、ため息混じりに言った。

「ま、それならそれでいいさ」

めずらしくあっさりと柾鷹が応じると、そっと身体を重ねてくる。

「無理に感じることはねぇからな…」

言いながら、男の指がくすぐるように遙の頬を撫でた。

「目を閉じてろ」

穏やかな眼差しで微笑むように言われ、遙はうながされるままに、そっとまぶたを閉じる。

男の手と、指の感触と、息遣いだけが肌に触れてきた。

優しく、ただ優しく、遙の身体を撫で上げていく。そしてそのあとをたどるように、唇がなぞる。

奪うようにではなく、やわらかくついばむみたいに。軽く、濡《ぬ》れた音が耳に弾ける。

シャツが肩から引き下ろされ、ゆっくりと脱がされた。

あらわになった肩に唇が触れ、大きな手のひらが優しく愛撫《あいぶ》する。胸から喉元をなぞった手のひらが包むこむように頬を撫で、優しくこめかみのあたりから髪をすき上げる。

いつにないそんな穏やかな愛撫に、遙は知らずまどろんだ。

「ん……」

甘い吐息が唇からこぼれ、身体がやわらかく弛緩《しかん》する。

柾鷹が額に、こめかみにキスを落としながら、片方の指が胸を撫で下ろし、小さな乳首に触れてきた。

それもふだんの強引さは息を潜め、愛撫する動きはゆったりとしている。

だがそんなかすかな刺激にも、小さな芽はしっかりと硬く芯《しん》を持ち始めていた。

男の指が丸く押し潰すようになぶり、ふっといったん離れたかと思うと、温かく濡れた感触がそこに触れる。そして唾液《だえき》をこすりつけるようにして、ゆっくりとなめ上げられた。

舌先で転がされ、さらに唇についばまれて、何度も執拗《しつよう》に味わわれてから、もう片方も同じように可愛がられる。淫《みだ》らに濡れた片方は指でいじられながら。

「あ…、ん……っ」

じわり、と身体の奥底で、何かがうごめいたようだった。

少しくすぐったい思いで、遙は無意識に胸を反らせ、身体をよじってしまう。

その流れに乗せるようにして、男の手が遙の片足を抱え上げた。

内腿がやわらかく撫で上げられ、つけ根のあたりから中心のきわどい部分まで、唇がたどっていく。

そしてほんのわずかに兆していた中心が、温かい中にくわえこまれた。

「あっ……」

遙は思わず息を呑む。

とっさに腰を引きかけたが、柾鷹は決して急がず、次第に心地よい、やわらかな熱に包まれた。

男の口の中で、自分のモノが少しずつ頭をもたげていくのがわかる。甘くしゃぶりながら、硬い指先が根元の双球を優しくもみしだく。

「……んっ…、あ……、は…ぁ…んっ…」

やがて、自分の息遣いが乱れてくるのがわかる。

無意識に伸びた指が、男の髪をかき混ぜるようにしてつかんでしまう。

じわじわと、身体の中に熱がこもり始めていた。

密やかに濡れた音を立てて、ようやく柾鷹が口を離した。

そしてさらに奥へと唇をすべらせると、たどり着いた奥の入り口を舌先で確かめる。

硬く引き締まった襞《ひだ》をなだめるようになめ上げ、くすぐるようにして動かす。たっぷりと唾液をこすりつけ、自然とほころぶのをじっくりと待つ。

そこを見つめられる気配に知らず顔が赤らみ、ヒクヒク…と恥ずかしくねだっているような気がした。

「あぁぁ…っ！　あ…んっ、っあぁっ」

硬く尖《とが》った舌先でさらに奥まで愛撫されて、たまらず遙の身体が大きくしなる。

「気持ちイイのか……？　遙」

吐息で笑って、優しく尋ねながら、柾鷹が顔を上げた。

大柄な身体が伸び上がり、しかし体重はかけないように、そっと遙の身体に重なってくる。肌の感触を確かめるように、肩口に、喉元に顔を埋《うず》める。

おたがいの足が絡み合い、すでに張りを持ったそれぞれのモノが中心でこすれ合った。

男の手が無造作にまとめてつかみ、さらにきつくこすり合わせる。

「んっ…、あ……あぁ……っ」

男の体温が、肌の感触が、直《じか》に沁《し》みこんでくるようだった。

身体の重みと、汗の匂い。

もっと触れたくて、遙は無意識に腕を伸ばし、男の背中を引きよせてしまう。

いったん離れた男の手が後ろへまわり、深い谷間を割って、甘く息づいている場所を突き崩すように侵入してきた。

確かめるように骨っぽい指が何度も出し入れし、じっくりと馴染ませてから、二本に増やす。

溶けきった遙の腰は男の指をたやすくくわえこみ、自分から腰を揺するようにして締めつけ、味わった。

柾鷹が満足そうに低く笑う。

「遙……、ほら」

顔が上げさせられ、何度もキスが与えられる。

もう片方の腕がうなじにまわって、引きよせるようにして抱きしめられる。

遙は夢中で、男の肩にしがみついた。

甘い、甘い、キス――。

「ほら…、おまえだって、俺に飽きたりしてねーだろうが……?」

遙の背中を撫でながら、自信満々の顔で男がうそぶく。

「俺は……初めからおまえに惚《ほ》れてないからな」

少しばかりムッとして、男の首筋に嚙みつくようにしながら、遙は言い返した。

「嘘《うそ》つけ」

ふふん、と鼻を鳴らして、迷いもなく決めつける。

腹立たしく、遙は男の背中を引っかいてやる。

だが、惚れてるか惚れてないかはともかくとして、この男に飽きることはなさそうだな…、という気はした。

いつだって目が離せなかった。

初めて会った、中学生の時から。

腹を立てたり、いらだったりすることも多いが、次に何をするのか、どんなことをしでかすのか。

どこまで大きくなるのか——と。

不安と、期待と。

時に想像を超える、鳥肌が立つようなことを鮮やかにやってのける。

目が離せない。

いつしか、すぐ側でそれを見届けることが快感になっていたのだろう。

自分だけの特権として。

「入れていいか……?」

かすれた声が、いつになく尋ねてきた。

「ああ…」

遙はため息をつくように答え、自分から男の腰に足を絡める。

男の熱がじわり…、と身体の奥に入りこんでくるのを感じながら、遙は再び目を閉じた——。

遙にしても、あれで終わりだと思っていたわけではなかった。

智明が両親に相談して、家を担保にしてでも借金の返済をするなり、自己破産するなり、あるいは警察か弁護士に相談するなりすれば、あるいは相手もそれ以上のことはできないのかもしれない。

ただそうすると、おそらく智明の会社にも借金のことが知れる。両親に泣き言を言うにも、少しばかりプライドが邪魔をするのかもしれない。

智明は昔から、やればできるのだが、やらないだけ、興味がないだけ、といった態度を取ることが多かった。

追いこまれた時にどういう対処をするのか、正直、遙にはわからない。

果たして翌日から、頻繁に遙の携帯に智明からの電話やメールでの着信があった。

『頼むよ、遙。おまえを連れて行かないと、俺、マジで殺されるよ』

内容は、その用件に尽きる。

◇

◇

本当にせっぱ詰まった、必死な声だった。

恐いお兄さんたちがいよいよ本性を剝《む》き出しにし、智明を脅しにかかったのかもしれない。

「恐喝まがいの取り立てがあるんなら、警察に行った方がいいですよ」

と、冷静に遙は諭したが、とても耳に入っているようではなかった。

『遙っ、頼むから！　いっぺん顔を見せてくれるだけでいいからさっ。それで全部、うまく行くって！』

もちろん、それだけですむはずはなかった。

そのまま無視することもできる。携帯の番号を変えて。

だが結局、話をつけておかないと、相手は同じやり方を何度も仕掛けてくるだけなのだろう。

身内の次は友人、もしかすると、単なる知人まで。

それだけ、巻きこまれる人間が増える、ということだ。

覚悟を決め、わかった、とメールで返信した遙に、智明は場所を指示してきた。

どうやらホテルの一室のようだった。

名の通ったハイクラスのホテルで、そういう意味では、倉庫街だとか、廃工場だとかへ呼び出されるよりは抵抗がない。

「遙さん、お出かけですか？」

いつものように携帯と財布だけを持ち、シャツにジャケットを羽織った姿で、ふらりと家を出かけた遙に、母屋の玄関先で行き会った狩屋が声をかけてくる。

「ちょっとね。夕食までにはもどるよ」

「お気をつけて」

強いてさらりと答えた遙に、狩屋はまっすぐに遙を見つめたまま静かに言った。

柾鷹か狩屋に相談した方がいいのか…？　という考えが、一瞬、頭をよぎる。

結局、その方が面倒が少なくてすむ可能性はある。だがそうすると、完全に組同士が対立する図式になってしまう。相手としても引くに引けないところまで行ってしまうと、挟まれた智明がどうなるのか想像もつかない。

電車で都心へ出た遙は、指定されたホテルの部屋へそのまま向かった。

手荷物を持たないラフな姿は、こんなホテルのロビーでは少しばかり浮いているのかもしれない。

隅のソファで新聞を広げていた男が、遙が自動ドアを抜けるとすぐに、さりげない様子で携帯を取り出してどこかに連絡しているのが、視界の隅に入る。

かっちりとしたスーツ姿で、髪もきれいに整っていたが、どこかの舎弟だろう。

これだけ長くヤクザの中で暮らしていると、そのあたりの嗅覚《きゅうかく》が働くようになる。

どうやら、遙が一人で来たのかどうかの確認係のようだ。エレベーターへまっすぐに向かった遙よりも、その後ろを気にしている。

午後のまだ少し浅い時間で、チェックインする客は多くない。

指定された階へ行くまでに、遙は一人になっていた。

エレベーターが止まり、廊下へ足を踏み出すと、華やかなロビーの雰囲気からは一転して、静けさが全身を包みこむ。まるで廃墟のように、人の気配がまったくない。

なるほど、都会の中で密会を行うにはいい場所なのだろう。不倫や浮気でなくとも。

部屋番号を確認しながら廊下を進むと、結局一番端の部屋だった。角部屋だ。

到着の連絡は来ているはずだから、中では待ち構えているのだろう。今も魚眼レンズからのぞいているのかもしれない。

遙は素知らぬふりでインターフォンを鳴らす。

と、やはりすぐにドアが開いた。

目の前に立っていたのは、智明だ。

「は…遙…っ！　よかった…。来てくれたんだな」

張りついたような笑顔に、あからさまな安堵《あんど》の表情が浮かんでいる。倒れかかるようにして、遙の腕をつかんだ。

今日は平日だが、会社は休んだ——休まされたのだろうか。

やはりスーツ姿だったが、シャツは皺だらけで、相当にくたびれていた。髪は乱れ、もしかするとこの二日ほど、拉致《らち》されていたのかもしれない。

その状態で電話をかけてきていたのなら、それは確かに恐怖だろう。

部屋はジュニアスイートといったところだろうか。入った先は広めの居間になっており、しゃれたガラステーブルと、ゆったりとしたソファがいくつか。奥の方にツインのベッドが並んでいるのがかいま見える。

正面の大きな窓から、都会の街並みを眺望できる高層階だ。

「どうも、申し訳ありませんねぇ…。こんなところまでご足労いただいて」

その奥の方から、ダークスーツの男がいかにも慇懃《いんぎん》な口調で近づいてきた。

口元のいかにもにこやかな笑みとは反比例して、スキンヘッドにダークスーツと、いかにも強面の男だ。四十過ぎ、といったところだろうか。

一八〇をゆうに超える長身と大柄な体型で、相当な存在感、威圧感がある。

この男が場を仕切っているらしく、他に三人ほど、やはり子分らしき若い男の姿が見えた。それぞれスーツかジャケット姿ではあったが、いくぶん着崩れた様子だ。

男が近づいてきた気配に、横で智明の身体がビクッと震える。まるで逃がすまいとするみたいに、遙の腕をさらに強くつかんできた。

「智明さん」

それに静かに声をかけ、従兄弟の腕を軽く押さえると、ようやく我に返ったように、ああ…、とうめいて、ぎくしゃくと手を離した。

「どこの組の方ですか?」

まっすぐに男を見上げ、遙は尋ねた。

「組? 困ったな。そんな物騒なモンじゃないですよ。私らはウェルス・キャッシングって金融会社の社員でね」

どうぞ、と遙を奥へ誘導しながら、男が乾いた笑顔を浮かべてみせる。白く丈夫そうな歯が、いかにも獰猛《どうもう》だ。

「名乗れないということですね。最近のヤクザは看板を掲げる度胸もないようだ」

冷ややかに、いくぶん侮蔑を含むほどの口調で返した遙に、男がさすがにムッとしたように、一瞬押し黙る。

まわりの舎弟たちの気配も、一気に殺気を帯びた。

敏感にそれを察したように、後ろで智明が喉の奥で小さな悲鳴をこぼす。

しかし男は片手を上げて男たちをなだめ、遙に向き直ってさらににこやかに笑ってみせた。

「さすがに腹が据わってらっしゃる。千住の組長のオンナだけはありますね」

明らかに智明に聞かせるための揶揄《やゆ》なのだろう。

「く…組長の…？　オンナ……？」

案の定、智明が呆然としたようにつぶやいた。

こんな形で身内に知られるのは気持ちのいいものではないが、今さらとも言える。

実際のところ、すでに智明の存在は関係なかった。

遙と、この男との駆け引きだ。

「それで？　俺に会いたいとか。どういうご用でしょう？」

「ええ。あなたには、そこの従兄弟さんのあと始末をしてもらいたいと思いましてねえ…」

「俺の顔を見たら、智明さんの借金をチャラにでもしてくれるんでしょうか？」

うそぶくように尋ねた遙に、男も表情を変えないままに言った。

「まさか。数百万の借金ですよ？　払える人に払ってもらわないと」

「保証人でも何でもない。私が払う義務はないでしょう？」

さらりと返しながら、なるほど、と遙はうなずいた。

だから最初は、遙を保証人にしたがったのだろう。逃げられないようにきっちりと、遙を囲いこむために。

「おやおや、それは話が違いますね。小瀬さんは、あなたならきっと助けてくれるとおっしゃってましたけどね？」

そんな言葉に、ちらっと遙が智明を見ると、智明はあせったように視線を逸らせた。

「ずいぶんな額になってるんですよ。……えーと」

いくぶん難しい口調で言いながら、男がテーブルの前のソファにどかっとすわりこんだ。

そのテーブルには角2くらいの茶封筒が置かれていて、それを無造作に逆さにして振ってみせる。

ガラステーブルの上に数枚、いや十数枚もの借用書が散らばった。

書式や会社名はさまざまで、どうやらあちこちで智明が借金をしていたのを集めたらしい。

「これは八十万。趣味の時計に使ったんですかね…。こっちは二十万。小遣いが足りなくなったかな？　やっぱりねえ…、借金てのはちゃんと返してから次のを借りないと。膨らんでいく一方なんですよねえ…。あーと、こいつは……ああ、そうそう。キャバクラの女の子に四十万だかのバッグをプレゼントした時のだ。あの時はずいぶんと粋がってましたからねえ」

借用書をかき混ぜながら、男があげつらっていく。

遙は思わずため息をついた。

「だ、だって…、それは貸してくれるっていうから…っ。返すのはいつでもいいって…！　け、契約書も形だけだって言ってただろ…っ！」

　泣きそうになりながら、智明がわめく。

「子供じゃないんですから、小瀬さん。それですむはずないことくらい、わかるでしょう？」

　噛んで含めるように男が言った。

　つまり、カタにはめられた、ということだ。おそらくは、遙の血縁だとわかったあとで、さらに借金を背負わされた。がんじがらめにして、逃げられないように。

「あれやこれやと細かいのが積もり積もって、総額で八百五十万。うちが全部肩代わりしてるんですよ。――ねぇ？　まさか踏み倒すつもりはないですよね？」

　いくぶん低い声で威嚇《いかく》するように、わずかに身を乗り出して男が智明をにらみ上げた。

「そ…そんな！　そんなはずはないっ。そんなに借りてない…！」

「そんなはずあるんだよ！」

　ぶるぶると全身を震わせ、必死に首を振る智明の耳元で、舎弟の一人ががなり立てた。

　ヒッ…！　と智明が真っ青になって口をつぐむ。

　どかっと男がソファの背もたれに身体を預け、ゆったりと腕を組んだ。

「このままだと小瀬さん、身体の中身、全部なくすことになるかもしれませんよ？」

　つまり、臓器で払え、ということか。

「そ…そんな…っ、そんなこと……っ」

智明が真っ青になる。

「ねぇ、朝木さん。あなたも大事な従兄弟さんがそんな目に遭ったら、気の毒だと思うでしょう?」

そして、男が本命の遙に話を振ってきた。

「それは思いますよ。では私が、その借金を払えばいいんですか?」

まっすぐに男を見て尋ねた遙に、男が大きく笑う。

「ハハハ…、さすがは太っ腹だ。だが、そう簡単な話じゃない」

もちろん、そうだろう。

「今の借金を払い終わったら、また小瀬さんにはいくらでも好きなだけ、ご融資させてもらいますよ。……ねぇ?」

口元を歪《ゆが》めて、男が楽しげに智明を眺める。

え? と一瞬、何を言われたのかわからないように目を見開き、次の瞬間、ぶるぶると首を振った。

「ない……。絶対に借りない…っ。もう借りるわけないだろ!」

顔を引きつらせて、智明が叫ぶように声を上げる。

が、遙はため息をついた。

そのつもりがなくても、無理やり貸し付けることはできる。

だがそこまで行かなくても、おそらく智明は誘惑に負ける。いくらでも、無尽蔵に遙が肩代わりしてくれるのなら、とずるずる借りることに慣れきっていくのだろう。

麻薬のように。それこそ、金に溺《おぼ》れるのだ。

「どうです、朝木さん？　従兄弟さんを助けられるのはあなたしかいないと思うんですけどねえ……？」

テーブルで腕を組み、にやりと男が意味深に言った。

「どうしろと？」

言いたいことの見当はついていたが、とりあえず遙は尋ねた。

「簡単ですよ。うちの会社でね、ちょっとしたアルバイトをしてくれればいいんです。パソコンの前でね」

つまり、ディーリングを、だ。

「あなたなら指先一つでちょいちょいと、この程度の借金ならものの五分で返せるんでしょう？ねえ？」

そんな言葉に、遙はあからさまにため息をついてみせた。

「ディーリングは魔法じゃないんですよ。数千万稼いでも、数億することもある」

今さらに、あたりまえのことを噛んで含めるようにして言う。

「わかってますよ、もちろん。そういう時もあるでしょう。最終的に収支を合わせてもらえればいいだけでね」

「先日の例会で…、多分、あなたのところの組長の前でも、はっきりと言ったはずです。俺は、他でやるつもりはない」

ぴしゃりと言い切った遙に、男の眼差しがわずかに鋭くなった。

ふぅ…、と長い息を吐く。

それでもまだ口調は丁寧なまま、口を開いた。

「朝木さんが千住を抜けられないというのなら、別にそのままでいいんですよ。うちから回す金をそちらで運用してもらえるか、あるいは…、どこにどのくらい注ぎこめばいいのか、っていうのをこちらに指導してもらえればね」

どうやら相手側の素性は明かすことなく、できれば千住にも知られることなく、こっそりと遙を使おう、という考えだったらしい。智明を人質に取るようにして遙を脅せば、それも可能だと考えたようだ。

確かに、遙さえ柾鷹に言わなければわからないのかもしれない。

パソコンの中で数字が動いているのは、柾鷹にしてみれば、「アリの行進」程度のことだし、そもそも「千住」と会計を一緒にしているわけではないのだ。

柾鷹から回されている資金の分の、運用利益を柾鷹の口座にもどすことはあっても、その内訳を説明しているわけではない。遙のパソコンの中で、すべてが行われている。

つまり他の仕事を請け負ったとしても、それがバレる可能性は低い。

さらに口頭で伝えるだけであれば、もっとわからないだろう。……まあ、遙の携帯の着歴などがチェックされるのでなければ、だが、柾鷹がそんなことをするとも思えない。

だが、いずれにしても。

「できませんね」

無表情なまま、遙は言った。

きっぱりとしたその言葉に、男が何かを抑えこむように、ふうっ、と大きく息を吸いこんだ。

ふいにソファから立ち上がった男が、遙の脇をゆったりとまわり、後ろの壁際に張りつくように立っていた智明に近づいた。

「どうやら、言ってたことと違うよな？　おまえ、昔朝木さんの面倒を見たから、何でも言うこと聞いてくれるって……確か、言ってたよなッ!?」

最後の「な」と一緒に、強烈な膝蹴りが智明の腹に入る。

ぐぁっ、と濁った嗚咽《おえつ》をもらし、智明の身体が床へ崩れた。

もちろん、遙に見せつけるように、なのだろう。

とっさに遙も声が出かかったが、何とか喉元で押しとどめる。

申し訳ない気持ちはある。だが、自分にできることは何もなかった。

遙に止めさせるためにやっているのだ。

だが遙が男の話にうなずく以外、止める方法はなく、……それは不可能だった。

何があっても。

「なぁ…、そんなに強情を張る必要はないんじゃねぇのか？　——じゃあ、いっぺんでいい。一度だけやってくれれば、結果がどうであれ、コイツの借金はチャラにしてやるよ」

懐柔するようなその言葉に、遙はまっすぐに目を上げて首を振った。

一度やれば終わりだ。

それはわかっていた。

この間の例会で——会長代行や、他の組長たちが居並ぶ中で、柾鷹はあれだけの啖呵《たんか》を切ったのだ。

一度でも遙が他の組のために働くと、今まで柾鷹が張り通してきた意地を、踏みにじることになる。

組織の中で柾鷹が築き上げてきたものを、無にすることになる。

ヤクザにとってみれば、その意地、メンツがすべてだった。

遙がそれを壊すことはできなかった。

さらに二発、三発と強烈なケリが入る音を、遙はぎゅっと、無意識に拳を握りしめてこらえた。

「ほら…、従兄弟さんにおまえからも頼んでみろよっ」

男が床へ膝をついていた智明の襟首《えりくび》をつかみ上げ、わざわざ遙の前に引きずるようにして押し出す。

「おまえの頼み方が足りねぇんだろうがっ！　ええっ!?」

そんな言葉とともに、男の太い腕が大きく振り上げられ、手の甲で智明の頰を殴《なぐ》り飛ばす。

ギャァッ！　と悲鳴を上げて、智明の身体が後ろの壁に飛ばされた。後頭部がまともにぶつかった鈍い音がする。

遙は思わず顔を背けた。

震える身体を押さえこむように、そっと息を吸いこむ。

舎弟たちが力の抜けた智明の身体を再び持ち上げ、遙の前に引きずり出した。

唇が切れ、顔は腫れ上がり、もしかすると肋骨《ろっこつ》が折れているのかもしれない。見るからにひどい状態だった。

たまらず、目を背けたくなる。

が、遙は歯を食いしばって智明の姿を見つめた。

腕を離された智明が、這うようにして遙にすがってくる。

「おまえ…、ホントに……助けてくれない気なのか……？　嘘だろ…？　なぁ…、あんなに面倒見てやっただろっ!?」

非難の言葉が胸に刺さる。

「智明さん…」

「なぁ…、遙…っ。どうしてだよ…っ？　なぁっ？　何で助けてくれないんだよっ？　俺…、臓器、売られるんだぞ……っ!?」

「すみません。できないんです」

必死に遙の服をつかみ、腕をつかんでくる男に、遙はただそう告げるしかなかった。

「お…おまえ……」

愕然としたように、智明が大きく目を見開く。

「なんでだよぉっ！　クソ――ッ！　俺を殺す気かよっ！」

そのまま遙の足元で、タガが外れたように泣きわめき始めた。

そんな様子に、男がいかにもな調子でため息をついた。

「こうなると…、こいつのご両親のところにもアイサツに行かなきゃいけなくなるんですけどねえ…？　あなたの叔父さん、叔母さんになるんですよねえ？」

そしてねちねちと、脅すように口にする。

いや、明らかな脅しなのだろう。

ゾッと、全身に鳥肌が立つような気がしたが、遙は無表情なまま、あえて返事をしなかった。

「なんでおまえ…っ、俺たちは…、家族じゃなかったのかよっ？　家族だと思ってのによぉ…っ。助けてくれよっ！　頼むから…っ！」

なりふり構わない悲痛な声が、心臓を軋《きし》ませる。

「すみません。俺の家族は…、今、別にいるんですよ」

それでも遙は、ようやくかすれた声を押し出した。

自分の守るべき家族が。

「そちらの方はよく、ご存じだと思いますけどね」

まっすぐに見つめた遙に、男が短く舌を弾く。無意識のように爪《つめ》の先をこすり合わせる。

思い通りにならないことに、明らかにいらだっていた。

その間にも、智明は舎弟たちに殴る蹴《け》るの暴行を受けていた。

「ヤクザより鬼畜なやろうだな…。あぁ？　身内が見殺しにされんのを平気な顔で見てられるなんてよっ！」

ただそれをじっと見つめる遙に、舎弟の一人が気味悪そうに吐き捨てた。

「平気なつもりはありませんよ」

自分の腕をきつくつかみ、遙は低く、押し殺すようにして言った。

「でも最後まで、きっちりと見届けるつもりですから」

自分のしたことを。

自分の選んだことの結果を。

「は…遙…っ、遙…ッ！　助けてくれよっ。なぁっ！」

悲痛な智明の声が耳に残る。きっと一生、残るだろう。

「よく見てられるな…。アンタ、盃《さかずき》は受けてないって聞いたが、骨の髄までヤクザなんじゃねぇのか？」

男があきれたようにつぶやいた。

見ていたいはずはない。胃がムカムカする。

「おい、もういい」

ため息混じりに男が言った時、智明の顔は腫れ上がり、シャツは引きちぎられ、全身、ボロボロだった。

「朝木さん…、アンタ、わかってたはずだよな？　こういう用件だってことは。助ける気がないんなら、なんでわざわざここまで来た？」

本当に怪訝そうに男が尋ねてくる。

「俺の身内をこんなことに使うのはムダだと、それを言いに来ただけですよ」

低く返した遙に、男がわずかに目をすがめる。そしておもしろくなさそうに、鼻を鳴らした。

「……そうみたいだな」

「いいかげん、あきらめてくれませんか？　俺はここまで執着してもらうほどの人間じゃない。俺程度のディーラーは掃いて捨てるほどいる」

「それにしちゃ、千住の組長はずいぶんとご執心らしいじゃねぇか」

いかにもイヤラシイ目つきで、男が当てこするように言う。

「それはあいつが物好きなだけですよ」

「金の匂《にお》いを嗅《か》ぎつけてるからだろ？　……ま、カラダの方もずいぶんイイみたいだけどな？」

「試してみますか？」

冷然と尋ねた遙に、男が大きく肩をすくめてみせた。

「ご冗談を。アンタに手を出すのがどれだけキケンかってのは、話には聞いているからね」

もちろん、千住組と正面からやり合う気はないのだろう。だから組の名前を出すことはしない。

そして智明は痛めつけても、遙に触れることはしない。

——しかし。

「こんなやり方をしておいて、今さらですか？」

いくぶんあきれて、遙は吐き出した。

「直接アンタに手を出したわけじゃないからな」

うそぶくように言ってから、男がうかがうように尋ねてくる。

「アンタ、勝算はあったのか？　俺がコイツを殺さないっていう」

「殺したら、さすがに俺も警察へ行きますからね」

遙に手を出せない以上、男にそれを止めることはできない。そうなると警察沙汰《ざた》になり、組の名前も表に出る。

遙の取り込みに失敗したということで、組にとっては大きな恥になるわけだ。

それだけでなく、構成員がそろって懲役《ちょうえき》を食らうことになる。戦力的にも、大きなダメージを食らう、ということだった。

そのあたりが計算できないはずもない。

男が、うなるようにため息をついてみせた。手のひらでこするように、自分の首筋からうなじを撫でる。

「……まァ、そうだな。アンタ程度のディーラーは他にもいるかもしれない。だが、アンタ程度のディーラーで、アンタくらい肝《きも》が据わってるヤツは他にはいそうにねぇな…。ヤクザのディーラーをやるには、そのくらいじゃねぇと務まらねぇんだろうぜ」

「俺にとっては褒《ほ》め言葉じゃないですね」

わずかに眉をひそめて、遙はつぶやいた。

「ご執心なワケだよ。うちのオヤジも、他の連中も」

男が独り言のように言って、智明の方に顎をしゃくった。

「連れてっていいぜ」

「どうも」

さすがにホッとして、遙はうなずいた。

そして、ふと男の胸元に目をとめて言った。

「……すみません。そのサングラス、いただいてかまいませんか？」

「あぁ？」

男が胡散臭《うさんくさ》そうにうなる。

「智明さんの顔、ずいぶんとひどいですからね。ロビーを通る時、目立って困るのはそちらでしょう」

舌を弾き、男は渋々と胸ポケットのサングラスを遙に投げた。

「それと、あの帽子を」

舎弟の一人が後ろ向きにかぶっていた帽子を遙が指すと、男が「おい」と顎を振り、舎弟があわててそれを遙に差し出してきた。

「立てますか？　智明さん」

遙は智明に手を貸して、なんとか身体を起こした。

中のシャツはボタンが引きちぎれていたが、上のスーツはさほどのダメージでない。

智明はビクビクと怯えるように男を横目にして、遙のことも気味悪そうに眺めてきたが、それでも一人で歩けないことは察しているのだろう。

よろよろと壁伝いに歩き出す。

「おい、小瀬！　この借金はきっちり払ってもらうからな！」

ドアを開いたところで、背中から男の野太い声が飛んできて、ビクッ、と智明の背中が震える。

首を縮めるようにして、智明がやっとうなずいた。

遙は智明の身体を支えるようにしてエレベーターに乗り、サングラスをかけ、帽子を目深《まぶか》にかぶせる。

ゆっくりとロビーを抜けていると、さすがにベルボーイが飛んできて、「お加減が悪いんでしようか？」と尋ねてきた。

「急に腹具合が悪くなったみたいで」

と、言い訳し、そのベルボーイにタクシーを頼んだ。

よろける智明をどうにかタクシーに乗せ、遙は一緒に乗るべきかどうか、わずかに躊躇《ちゅうちょ》する。

と、智明が手を振り払うようにして、遙の身体を突き放した。自分がつけていたサングラスをむしり取り、ものすごい勢いで遙にたたきつける。反射的によけた遙の腕に当たって、それはコンクリートの地面をすべって遠くへ飛ばされた。

腫れ上がった顔で、帽子の陰から、智明が遙をにらみつけてくる。

「よく……わかったよ。おまえにとっては…、俺なんかどうでもいい存在だったんだな…。殺されたってかまわないってことだよな…！」

投げつけられた言葉に、遙は言葉が出せなかった。

あの時——柾鷹が撃たれた時。

遙は柾鷹を選んだのだ。自分の家族よりも、友人よりも。

それが、今までの自分の人生と引き替えにする選択だと、わかっていたはずだった。

だがそれを目の当たりにすると、さすがに息が苦しい。

「二度と……、俺に近づくなっ」

吐き捨てるような言葉が浴びせられ、遙はそっと目を閉じた。

「ええ。そうします。ご迷惑をおかけしました、智明さん」

淡々と、それだけをあやまる。

驚いたように横で立ち尽くすベルボーイをよそに、遙は運転手に「行ってください」と頼んだ。

動き出した車を見送り、遙は次の客待ちをしていたタクシーに乗りこんだ。

千住の本家まで乗りつけるのはさすがに気の毒で、最寄りの駅でタクシーを降りる。

そこから本家まで、ゆっくりと歩いて帰った。

すでにあたりはとっぷりと日が暮れて、思ったより遅い帰宅になっていた。

重厚な本家の門はしっかりと閉ざされていて、遙が通用口のインターフォンを押すと、部屋住みの男があわてて中から開けてくれる。

「かえりなさいっせー！」

威勢のいい声を背中に聞きながら砂利道を歩いて行くと、母屋の手前で狩屋が携帯で誰かと話しているところだった。

狩屋も遙の姿を認めたらしく、軽く会釈してくる。

「……ああ。わかった」

そんなふうにうなずく声が聞こえ、携帯を切って内ポケットにもどしながら、狩屋が声をかけてきた。

「お帰りなさい」

「ああ…」

それに疲れたような声しか出ない。

身体ではなく、心が疲れ切っていた。

それでも、あ、と思い出す。

「悪い…。遅くなったな。心配かけただろう?」

千住本家の中で、遙も「顧問」と呼ばれる自分の立場は自覚している。

「いえ、大丈夫ですよ。子供じゃないんですから」

それに狩屋が穏やかに微笑んだ。

おそらく、GPSで居場所の把握はしていたのかもしれない。それが切れてしまっていたら、本格的に心配されたのだろうが。

「組長が離れでお待ちですよ」

「ああ」

「何か食事をお持ちしましょうか?」

「いや、いいよ」

さすがに食欲はない。むしろ、酒が飲みたい気分だ。

重い足を引きずるように離れの扉を開け、階段を上っていく。

「おお、やっと帰ってきたか。……俺をほったらかしてどこ行ってたんだよー？」

二階のリビングのソファで酒を飲みながらテレビを眺め、浴衣姿でふんぞり返っていた男が、首を曲げて遙をにらんだ。

「おまえにいちいち断らなきゃいけないことでもないだろ」

知らず、冷淡な、ぶっきらぼうな声になってしまう。

柾鷹にぶつけることではない。

わかってはいたが、やりきれない思いが胸に突き上げてくる。

どうにもならないいらだちや悔しさや怒り、そしていい知れない淋しさが、体中で荒れ狂っていた。

そんな言い草に、柾鷹がじっと遙を眺め、小さく息を吐いた。指先でカリカリと頭をかく。

「……まあ、まずは風呂《ふろ》でも入ってこいよ。おまえ、土砂降りの中に捨てられた子猫ちゃんみたいだぞ？」

「おまえにしては詩的な表現だな…」

意外な思いで、思わず苦笑してしまう。

そして言われるまま、バスルームへ直行した。

何かを洗い流してしまいたかったのだろう。……決して、水に流して忘れられるものではなかったが。

智明の受けた痛みは、本当は自分が受けるはずのものだった。

それを他人に——身内に背負わせた苦しさ。

それが、自分が選んだ結果だった。

給湯のスイッチを入れ、洗面所でのろのろと服を脱ぐ。ポケットの携帯と財布を放り出し、服も乱雑に投げ出して。

身体がひどく重かった。

ほとんど無意識のうちに、何かに操られるみたいに髪と身体を洗い、ようやくたまった湯に身体を落とす。

じわり…、とやわらかな温《ぬく》もりが肌に沁みこんできた。

……こうするしかなかった。

と。

それはわかっていた。

同じことを二度と繰り返させないためには。

ここで遙が譲歩すれば、また同じことが起こる。智明でなくとも、他の誰かで。

だが、自分の事情に智明を巻きこんだことは事実だった。

それはもう、取り返しがつかない。

無意識にすくった湯で顔を洗う。

と、指の間をすり抜けていく湯の流れを、じっと見つめてしまう。

今日、遙は子供時代の自分を失ったのだろう。我《わ》が儘《まま》な自分の未来と引き替えにして。

仕方のないことだった。

他には、自分にはどうすることもできない。

ただ、淋しかった。

間違いなく、身体の中の一部を失ったのだ。

「遙。出てこいよ。溺れてんのか?」

どのくらい入っていたのか、ふいにガラッと浴室の扉が開かれ、柾鷹が眉をよせて声をかけてくる。

「ああ…」

遙はようやく我に返って、何気ないように風呂から上がった。

柾鷹は声をかけただけでリビングにもどったようだが、めずらしいな…、としばらくしてようやく気がついた。

いつもなら、浴室に乱入してきそうなものだ。

何の用意もなかったので、ふだんはあまり使わないバスローブを引っぱり出して羽織る。

そのままリビングへ入ると、「ココ、来いよ」と柾鷹が手招きして、自分の隣へすわらせた。

「ほら、ビール」

そして冷蔵庫から出していたらしいビールを手渡し、遙をソファにすわらせたまま、肩をまわして背中を向けさせる。

「そっち向いとけ」

なんだ？　と思ったら、いきなり後ろから、頭にタオルかけられる。そしてゴシゴシと、遙の髪を乾かし始めた。

いささか乱暴で、大雑把で、むしろありがた迷惑なところではあるが、この男にしてはめずらしい。というか、こんなことは初めてじゃないだろうか。

考えみれば、遙の方でも柾鷹にそんなことはしてやった覚えがない。

「ずいぶんサービスがいいな」

「そりゃ、下心があるからだろ」

思わずうかがうように言った遙に、あっさりと柾鷹が答える。

そんな言葉に、思わず笑ってしまった。

笑っているのに、なぜか胸が苦しい。

……柾鷹は、知っているのだろうか?

ぼんやりと思う。

何も感じていないはずはないのだろう。気づいていないはずはない。

だがこの間から、柾鷹が何も聞かないことに、遙はようやく気づいた。いつもなら、根掘り葉掘り、問いただしてきそうなところだったが。

「柾鷹」

「んー?」

「痛い」

ぼそりと言うと、おっと…、といったん手を止め、少しばかり力加減をして指を再び動かし始める。

「柾鷹」

「なんだ? どこかかゆいのか?」

その感触にまどろみながら、遙は静かに言った。

「抱いてくれ」

「うん？」

ピタッ、と男の手が止まった。

そしてタオルを脇へ放り投げると、背中から遙の肩にのしかかってきた。

「喜んで」

耳元で楽しげな声が答える。

ちょいちょい、と指先で遙の頬を撫でると、おもしろそうに言った。

「すげーな…、おい。明日は雪じゃねーのか？」

「おまえだって、慣れないことをしてるだろ」

わずかに肩越しに振り返って言ってやると、柾鷹がにやりと笑った。

顎が取られ、いくぶん苦しい体勢で唇が奪われる。

「ん…っ…、あ……」

ついばむように何度も唇が触れ、舌が絡み、遙は身体をのけぞらせるようにして男の頭を引きよせる。

息が上がるほど、何度もキスをしてから、焦れたように柾鷹が立ち上がった。

なかば抱きかかえられるようにして、ベッドへ運ばれる。

薄暗いままの部屋の中で、男が邪魔な浴衣を脱ぎ捨てるのがわかった。そして、遙の上にのしかかってくる。

バスローブを肩から引き下ろすようにしながら、遙の喉元に唇を埋め、顎をたどり、唇を塞いでくる。

「はっ…ぁ…、——んん…っ」

遙も夢中で腕を伸ばし、かき抱くようにして男の背中を引きよせる。

熱い舌が思うままに遙の口の中を蹂躙《じゅうりん》し、貪っていく。唾液が糸を引くくらい深く絡め合い、味わって、ようやく顔を離す。

「どうしてほしいんだ…?」

大きな手のひらが遙の頬を撫でながら、上から見下ろすようにして聞いてきた。

じっと見つめる眼差しが楽しげに瞬く。

だがそんなふうに聞きながらも、息を殺し、今にも獲物に飛びかかる寸前の野生動物のような緊迫感をまとって。

その気配が、遙の肌にも沁みこんでくる。

恐怖——であるはずだが、同時に不思議な安心感がある。

すべてを委ねられる。

自分の生も、死も。

「おまえの…、好きにしていい」

まっすぐに男を見上げ、そっと伸ばした指で唇に触れて、遙は答えた。

失った隙間を、埋めてほしかった。

全部、この男で。

柾鷹がふっと唇で笑った。

「そりゃうれしいな」

いつだって好きにしてるくせに、とは思う。遙の感覚では。

だがこの男からすると、そうでもないのだろうか。

「遙…、後悔はさせねぇよ」

コツン、と額を合わせ、さらりと言われた言葉に、ハッとする。

——この男を選んだことを。自分の選択を。

指がきつく絡められ、頬から耳、首筋から胸へと、こすりつけるように男の唇がたどった。

片方の手で大きくバスローブがはだけられ、いくぶん強く胸がなぞられる。

指先がすぐに小さな突起を見つけ出し、人差し指で押し潰すようになぶってから、きつく摘《つま》み上げた。

「……っ…っ、あぁっ…！」

身体に走った鋭い刺激に、遙は大きく胸を反らせる。

しかしあっという間に硬く尖った乳首が、さらに男の指のオモチャになり、片方を弾くように
いじられながら、もう片方が唇に含まれた。

舌先で転がすようにしてたっぷりと唾液が絡められ、いやらしく濡れて突き出した乳首が指で
つねるように摘まれて、たまらず高い声を放ってしまう。

「んっ、あっ、あぁぁ……っ！」

じくじくとした痛みが、狂おしい疼きになって肌に沁みこんでくる。

「声、上げろよ、遙」

無意識に唇を噛む遙に、柾鷹がなだめるように言った。

「今日は俺の好きにさせてくれんだろ…？　なら、抑えるな。全部、声に出せよ」

前髪を優しくかき上げながら、煽り立てるみたいに、あるいは命じるように口にする。

「思いきり、声を上げろ」

「あ……」

やはり察しているのだ、とわかった。

好きなだけ、遙が吐き出せるように。

泣きそうになりながら、遙は小さく笑ってみせた。

「だったら…、それだけ俺を感じさせてみろよ」

「……あぁ？」

不遜《ふそん》な言葉に、男がわずかに眉を上げてうなる。

そして、にやりと笑い返した。

「言いやがったな…」

低くうめくと、一気に遙のバスローブを引き剝《は》がし、ベッドの下に投げ捨てた。

その勢いで、遙はうつ伏せにベッドへ転がされる。

「なっ…、あ…っ」

とっさに向き直ろうとしたが、ひと足早く柾鷹が背中から押さえこんだ。

そのままうなじに嚙みつくようなキスが落とされ、前にまわりこんだ両手が遙の両方の乳首をいじり始める。

「くっ…、……う…っ、ああっ…んっ」

指は胸をなぶりながら、耳たぶが甘嚙みされ、耳の下がそっとなめ上げられて、遙はたまらずシーツに爪を立てる。

さすがに、遙が感じるところばかり、集中的に責められた。

ジクジクと、身体の奥から甘い疼きがせり上がってくる。

「どうだ…？　降参するなら、早い方がいいぞ…？」

耳元でそそのかすように、男がねっとりとささやく。

だがもちろん、そんなことは望んでいないのだろう。

「っても、今日はとことん可愛がってやるけどな」

あっさりと言い放ち、脇腹を撫で下ろしながら、背筋に沿って唇を這わせてくる。

「あぁ……っ」

無骨な指のやわらかな愛撫に、遙は身体をしならせる。

そして足のつけ根が執拗に愛撫され、内腿《うちもも》から中心のきわどいあたりまで撫で上げられて、ビクビクと恥ずかしく腰が揺れる。まるで媚《こ》びているみたいに。

指先がツッ…、と反り返した表面を撫で上げ、自分のモノが早くも形を変えているのが教えられる。

「ずいぶんやる気だなァ…。ええ？　もうこんなにこぼしてんのか？」

手の中でこすり上げられ、先端が指の腹でもむように刺激されて、あっという間にとろっと蜜《みつ》を滴《したた》らせてしまう。さらに先端の小さな穴が爪でいじられ、こらえきれずに腰を振り立てる。

「そんなに誘うなよ。順番だ」

にやにやと笑うように柾鷹が言って、手のひらで包みこむように尻《しり》が愛撫された。

膝をねじこむようにされて、足が広げられる。さらに腰のてっぺんからあられもなく奥が押し開かれて、硬く窄《すぼ》まった窪《くぼ》みが男の目にさらされているのがわかる。

「あ……」

わざとらしく息を吹きかけられ、さすがに羞恥《しゅうち》で顔が熱くなった。

何度そこで交わっていても、やはり慣れるものではない。

「おまえ、ココをなめられんの、好きだもんなァ…？」

いやらしく言いながら、男が舌先でそこをなぶり始めた。

「あぁぁっ…、よせ…っ」

反射的に声を上げ、腰が逃げかけるが、圧倒的な力で引きもどされ、好きなままに味わわれた。

「んっ…、あぁっ…、あぁ……っ」

くすぐったさがすぐに疼くような痺《しび》れに変わり、甘く肌に沁みこんでくる。

すがるように伸びた手が枕をつかみ、しかし腰ははしたなく男に突き出すようにしたまま、感じきって新しい刺激をねだるまで続けられる。

「ああ…、もうトロトロだな」

低く笑うように言って、からかうみたいに指が襞をかきまわす。

「柾鷹…っ、もう……中……っ」

男の愛戯に溶け落ちた腰は、淫らに収縮して男の指をくわえこもうとした。

「まだだ」

しかし男は無慈悲に言うと、焦れてくねる遙の身体をひっくり返した。

「あぁぁ…っ」

正面から見下ろされた遙の中心は、すでに大きく反り返し、次々と自分の腹に蜜を溢《あふ》れさせている。

とっさに隠そうとした手が押さえこまれ、男の指がそれを確かめるようにそっとなぞる。

「ぐしょぐしょだな…。んん…?」

自分の指を遙の蜜でまみれさせ、それをこすりつけるようにしてしごかれる。

「あぁぁ…っ」

快感に遙は大きく腰を跳ね上げた。

「んっ…、あ……、もう…、柾鷹……っ」

こらえきれずに腕を伸ばし、男をねだる。

男の首にしがみつき、顔を肩口に埋める。背中に腕をまわして引きよせるようにしながら、無意識に自分の中心を男の腹にこすりつけてしまう。

「おいおい…、俺が襲われてるみてぇだな……」

言葉とは裏腹に、うれしそうに語尾が笑う。

「中…、してくれ……」

腰を押しつけながら、遙は男の中心に手を伸ばした。

すでに熱くいきり立ったモノに触れ、手の中で脈打つ男にゾクッ…と肌が震える。

「欲しいのか？」

にやりと男が笑う。

「わかってるだろ…っ」

にらむように言い返した遙に、柾鷹は無慈悲に言った。

「わからねぇなァ…。ちゃんと言ってくれねぇと？」

遙は思わず拳で男の肩を殴ったが、男は顎を振ってうながしただけだ。

「俺の、欲しいんだろ？」

人の悪い顔が涙ににじむ。

だが、どうしようもなかった。

「欲しい……から…っ」

口にしたとたん、グッと身体が押し倒され、シーツへ倒れこんだかと思うと、一気に両足が抱え上げられていた。

一気に中へねじこまれる。

かすれた声が耳に届く。そして次の瞬間、ヒクつく奥に男の熱が押し当てられ、一気に中へねじこまれる。

「全部……、やるよ……」

「つっ…ん…っ、——あぁぁ……っ！」

身体の中をこすり上げられる快感に、遙は一瞬、頭が真っ白になった。

「ほら…、俺のがイイんだよな…？」

熱っぽい声が笑うように言い、さらに角度を変え、何度も突き上げてくる。

「いい…っ、あっ……いいっ、いい…っ、おまえの……っ」

男の腕に爪を立て、追い上げられるままに遙は達していた。

ほとんど同時に、中が熱く濡らされたのがわかる。

ふぅ…、と長い息をつき、男がそっと離れていった。

ぐったりとシーツに投げ出された遙の頬が撫でられ、額にキスが落とされる。

「あれだけでかい口をたたいたんだからな…。これで終わりじゃねぇぞ？」

そんな脅しが耳元に落とされ、遙は軽く拳を握って男の腕をたたくのが精いっぱいだった。

背中から抱きすくめるようにして、男が身体をよせてくる。

その腕の力と熱と。

心地よい温もりに、遙はそっと目を閉じた。

「瑞杜で会ったのが運のツキだったよなァ…」

ポツリと、どこか他人事《ひとごと》のように、背中で柾鷹がつぶやく。

もし、あの場所で出会っていなかったら。

だがその未来を考えることは無意味だった。

出会ってしまったのだから。

前にまわってきた男の腕を、遙は軽くつかんだ。

「おまえを……選んだのは、俺だ」

どれだけ非難され、後ろ指を指されることになっても。

ああ、とそれに低く男が応える。

太い腕がさらに力をこめて、遙の身体を抱きしめる。

「幸せにしてやるよ」

どの面《つら》下げて、と思いつつ、自信たっぷりな言葉に、遙はそっと微笑んだ――。

end.

膝の上でブリーフケースから取り出した書類を開きながら、隣の狩屋がさらりと返してくる。

「まぁな…」

もっともな指摘に、柾鷹は低くうなった。

とはいえ、これから梅雨入りか…、と思うと、やはり気が滅入ってくる。それが終わると、すぐに暑い夏がやってくるのだ。そして、寒い冬。

「エアコン、入れましょうか？」

助手席にいた男が尋ねてきたが、いや、と短く答える。

「それほどじゃねぇかな」

言いながら、ウィンドゥをわずかに下げた。

防弾ガラス仕様のスモーク仕上げだが、今は鉄砲玉が飛んでくるような状況ではない。もっとも仕事柄、いつ飛んできてもおかしくない、とは言えるのだが。

心地よい風が車内を通り抜け、少しばかりホッと息をつく。

考えてみれば、今が一番、気候的にはマシなのかもしれない。まあ、そもそも柾鷹の適温の幅が小さいのだ。

どちらかと言えば、柾鷹は冬の方が好きだった。昔は夏の方が好きだったのだが、……そう、冬だとやはり人肌が恋しくなる。

ふだんはツン気味な柾鷹の恋人、朝木《あさぎ》遙《はるか》も、冬場の方が布団の中でくっついてくれる気がするのだ。

目覚める前の肌寒い朝方とか、無意識にしがみついてくるのがひどくカワイイ。とはいえ、夏場に汗だくでやるのも、決して嫌いではない。

……結局のところ、遙とベッドにいる分には、季節は関係ないと言える。

「こちら、ちょっと見ていただいてよろしいですか？　橋本《はしもと》のやってる街金の、ここ三カ月分です」

ああ、と一つうなずいて、回された表を手に取る。

見やすく並んだ数字とグラフ。

柾鷹があまりしっかりと数字を確認する方ではないので、この手の書類は狩屋が一目で全体の流れが見えるように作ってくれているらしい。……狩屋本人が、というよりも、狩屋の下にいる人間が、だろうが。

「上がってるな」

短く述べた感想に、ええ、と狩屋がうなずいた。

「順調ですよ。本人も気合いが入っているようですしね」

若手に新しく任せた会社の一つだ。試金石だというのが自分でもわかっているのだろう。

「やり過ぎないように注意しててやれ」

取り立てが行き過ぎると当局がうるさい。こんなところで警察に目をつけられるのも、まだちょっと早い。

「頭のいい男ですからね。うまく立ち回るとは思いますが」

返した書類を受け取りながら、狩屋が答える。

「初めての大きな仕事なんだろ？　まだ若いし、気負いすぎて足下をすくわれないようにしろ。一、二度失敗するのも勉強だと思える余裕がありゃいいんだが、そういうのは経験だしな」

さらりと口にしたそんな言葉に、狩屋がふっと柾鷹の顔を眺め、小さく微笑む。

「わかりました」

そしてしっかりとうなずいた。

――と、消費者金融で思い出す。

「そうだ。おまえ、……あーと、何つったかな…？　ウィルス…じゃねぇな、ウォルスとか、ウエルスとかいう金融屋、知ってるか？　ウ…何とかキャッシングてやつ」

「ウォルス、ですか？」

口の中で繰り返して、狩屋がちょっと考えこんだ。

「ウエルス・キャッシングというのは、そういえば耳にしたことがある気はしますが。……おい、知ってるか？」

そして前の――助手席に声をかけると、前の男が肩越しに振り返って、いえ、と申し訳なさそうに頭を下げる。

「背景を調べておきますか？」

静かに聞かれ、頼む、と短く返す。

「何か気になることでも？」

続けて問われ、わずかに眉をよせた。無意識に指先が頬を掻く。

「遙の知人が金を借りてるそうだ。つーか、多分……、遙の従兄弟じゃねぇかな」

「従兄弟さん…、ですか」

考えながら答えた柾鷹に、狩屋の口調がわずかに緊張を帯びる。

「最近、そいつが遙に連絡してきてるみたいでな。遙の方からは連絡を絶っていたようだから、何か特別な用があったんだろう」

「なるほど」

とだけ、狩屋がうなずく。もちろん頭の中ではいろんな可能性を考えているのだろう。

一番あり得るのは、金策だ。街金に金を借りて、取り立てが厳しくなってきたので身内に金を貸してくれ、と泣きついてきた、というパターンなのだろう。

「それだけのことならかまわねぇけどな…」

柾鷹はつぶやくように口にした。

消費者金融に金を借りる。何でもないことだが、自分たちの立場ではその裏を読まないわけにはいかない。何もなければそれに越したことはないのだが、やはり街金は裏でヤクザとつながっていることも多い。

問題は、相手が遙の従兄弟だということをわかっていて貸しているのかどうか、ということだ。ほとんど没交渉だったはずの従兄弟だ。柾鷹も今まで名前を聞いたことはないし、周辺で見かけたこともない。

遙がふだん連絡を取っていない相手であれば、知らずに、ということは普通にあり得るのだが。

「トモアキとかいう男だ。名字は知らねぇが、父方だったら朝木だろうな」

「そうですね」

答えながら、狩屋が手元で書類の端にメモをとった。

「またどっかが妙なちょっかいをかけてきてるんじゃなきゃいいけどな…」

柾鷹は知らず、小さくうめく。

先日の例会で、その件にはケリがついたはずだった。遙を神代会全体のディーラーとして使おう、などという、つまらない話には。

だが、納得しきれていない連中も多いのだろう。未練がましく、どうにか遙を利用したいという連中も。できれば、個人的に、だ。

「搦《から》め手でくる可能性はありますからね。一応、調べてみます」

狩屋が慎重に口にした。

暴対法以降、ヤクザの看板を掲げている組は少ないわけだが、狩屋も表向き「コンサルタント業」の会社代表となっている。組員でなくとも、子飼いの「興信所」、あるいは情報屋は多く、巧妙にバックの組織を隠していたとしても、突き止めるのは難しくないはずだ。

「遙さんは何かおっしゃってるんですか？」

「いや」

そんな問いに、柾鷹は短く返した。

遙自身、そんな懸念《けねん》を抱いていることは間違いないのだろう。

ヤクザがらみではないのか。あるいは、自分がターゲットなのではないか、と。

だから、確認しようとした。

が、はっきり言わなかったところをみると、実際にその従兄弟がどういう状況なのか、裏があるのかどうか、というあたりもまだわかっていないようだ。

遙にしても、単に従兄弟が街金に手を出している、というだけで、柾鷹に相談を持ちかけることもできないだろう。うかつに暴力団が絡むと、その従兄弟も社会的に面倒なことになる。

「どこかの組が関わっているとしても、そう簡単に遙さんの前に姿を見せることはないでしょうからね。素性がバレてこっちに手を打たれるとヤバいのはわかっているはずですから。身動きとれないようにしてからようやく、というところじゃないですか？」

「だろうな」

狩屋のそんな言葉に、柾鷹もうなずく。

「一応、ガードをつけますか？」

続けて聞かれ、柾鷹はわずかに眉をよせた。

「……手を出してくると思うか？」

「どうでしょう？　先日の例会のあとですからね。直接危害を加えてくることはないと思いますが。何かあったら、本気で千住を相手にすることになるのはわかっているはずですし」

実際、相手もそこまでバカじゃない、と思う。

「居場所だけ、常に把握しといてくれ」

口にした柾鷹に、はい、と短く狩屋が答えた。

ハァ…、とため息をつき、柾鷹はシートに深くもたれて目を閉じる。

従兄弟、か…。

数少ない遙の家族のはずだ。両親が亡くなっていることは知っていた。他にどんな身内がいるのかは、特に聞いてもいなかったが。

遙が自分のために何を犠牲にしたのか――。

それはよくわかっていた。

もう二十年も前から――この二十年間、ずっと、だ。

遙と出会ったのは中学の時。放りこまれた地方の全寮制私立、瑞杜《みずもり》学園に入学した時だった。

寮は違っていたが、同じクラスだった。

全寮制の学校だと訳ありの家庭も多く、系列の組の子供もそれまでに何人か入学していたこともあって、今度関東の大きな組の息子が入ってくるという噂は、在校生の間ですでに広がっていたらしい。

もちろん、新一年生は知らなかったはずだが、寮生活やクラブ活動の中で先輩から話が伝わるのはあっという間だっただろう。

そして誰もがこの男だと、柾鷹を見て一目でわかったようだ。柾鷹としては、あえて吹聴するつもりはなかったが、同様に隠すつもりもなかった。

そんな柾鷹を見る目はさまざまだった。

基本的に、教員からは警戒され、先輩たちからは敬遠され、同級生たちからは怯えられていた。

中には物見高く顔を見にくるヤツもいたし、アウトローな環境に憧れて近づいてくるようなバカも、あえてケンカをふっかけてくるような粋がった連中もいたが。

ただ誰もが、柾鷹とすれ違う時には目を合わさないようにしていた。何かの用で、目の前に立って話している時でさえ。そのくせ、遠くから興味津々に盗み見してくる。

そんな中で、遙だけが目を逸らすことがなかった。顔を伏せることもなく、ただまっすぐに顔を上げていた。

ガンを飛ばしてきた、というわけでもなかったが、……どこか冷めた目で見返してきたように思う。遙にしても、当然ながら、柾鷹にいい印象を持っていたはずはない。

ふーん…、と思った。

気が強いのは嫌いではない。そうでなくとも、中学時代の遙はまだ線が細く、すっきりと端整《たんせい》な印象だった。

「おまえ、俺のタイプだよなぁ…」

にやりと笑い、そんな言葉を放った柾鷹に、遙はあからさまに嫌な顔をしてみせた。

まあ、あたりまえだ。冗談というより、嫌がらせのように受け止めていたのだろう。

そんな初対面から、意識はしていたのだろう。

しかし中学時代はそれだけのことで、あえてちょっかいをかけることはしなかった。二、三年の時はクラスも分かれていたし、ただ廊下ですれ違った時などは、特に用事がなくても柾鷹の方からあえて目を合わすようにしていた。遙の方はうっとうしいといった表情だったが、それでも逃げることはしなかった。柾鷹と目が合うと、素知らぬふりで方向を変えるヤツも多かったのに。すれ違う瞬間に、ゾクゾクした。かすかな緊張が空気を伝わるような気がした。

仕掛けたのは、高等部へ上がった時だ。遙と、寮で同じ部屋になったのだ。もちろん偶然ではなく、柾鷹が裏で手を回したわけだが。

そして、身体を奪った。

遙としては、考えもしなかった状況だっただろう。当然、合意ではなかったが、遙が「大人」に訴えることはなかった。脅してもいたが、それに遙が怯えていたようでもない。

覚悟、があったのかもしれなかった。

両親を亡くしており、その庇護《ひご》を望めなかった遙は、あの当時からすでに、すべて自分の力で対処しよう、というつもりだったのか。

覚悟と、意地と。同時に、何かあったとしても誰に迷惑をかけることはない、という達観《たっかん》。

そんな強さだ。

そして、自分の身に起きたことを客観的に見届けようとする冷静さがあった。

初対面での直感以上に、遙にハマっていったのは柾鷹の方だったのだろう。

遙にとってみれば、迷惑な話だったはずだが、そういう意味で、六年間の学生生活の中で、柾鷹が他に食い散らかさなかったのは学校としてはありがたかったはずだ。

だが二十四時間の共同生活で、柾鷹との関係が他にもれないはずはない。

遙はまわりの好奇な、あるいは哀れむような視線は当然、感じていたはずだし、友人づきあいも難しかったはずだ。

今も、それは同じだった。

人間関係だけではない。仕事にしても、……少なくとも、教員の仕事は辞めることになった。選べる幅は狭く、警察からはチェックされる。別の意味で、ヤクザからも、だ。

自分と出会ったせいで、遙がどれだけのものを失い、犠牲にしてきたのか。あるいは、得られなかったのか。

柾鷹にしても、想像することはたやすい。

だが、それで遙が愚痴や泣き言を言ったことはなく、……むしろ、驚かされることの方が多かった。

対処のしなやかさ、腹の据わり具合に。

まっすぐに——遙は柾鷹と、この世界と向き合っていた。無理やり引きずりこまれた、この世界に。

恐くないはずはない。関わりたいはずもない。

それでも、引くことは考えていなかった。

きっと最後まで——最後の瞬間まで、柾鷹と一緒にいることを決めたのだ。

それだけの覚悟に、自分が何を返せるのか——。

「でけぇ宿題だよな…」

知らず小さくつぶやいた柾鷹に、狩屋の視線がふっと当たったが、何も尋ねてはこなかった。

◇　◇

「この間おっしゃっていたウェルス・キャッシングですが……、どうやら梅原《うめはら》がケツ持ちをしているところのようですね」

狩屋からそんな報告があったのは、それから二日ほどしてからだった。

ここ数日、遙の表情は冴えず、電話やメールもかなり頻繁に入っているようだ。片がついている感じはない。

「梅原？　どこの梅原だ？」

夜遅く日付が変わってから家に帰ってきた柾鷹は、部屋で着替えてリビングへ下りてきたところだった。

少しばかり酒が入っていたので、側にいた若いのに水を持ってこさせる。

「あ、コーヒーもな」

急いで取りに走った男の背中に思いついて声を投げると、あわてて止まって振り返り、はいっ、と背筋の伸びた返事がある。

「尼崎《あまざき》の組長のところの若頭補佐ですよ」

革張りのソファにだれたようにすわりこんだ柾鷹の向かいで、狩屋も腰を下ろしながら説明を続けた。

「ああ…、あのハゲか」

思い出して、柾鷹はわずかに顔をしかめる。

ガタイもよく、いかにも強面なヤクザ風体の男だ。

尼崎というのは、同じ神代会系の組の組長で、もちろん何度も顔を合わせている。その梅原という男も、例会などに尼崎について来ていたところを見かけたことがあった。

「レスラー崩れの男だったかな…？」

それだけに、腕っ節には自信がありそうな様子だった。もちろん、がっちりとしたその体つきだけで、相手を威圧するには十分だ。ボディガードには最適と言えるだろう。

「ええ。でも、意外と頭も切れる男のようですね。次の若頭候補の筆頭だそうですよ」

「ふん…、ただの筋肉バカじゃないってワケか」

腕を組み、どさりとソファにもたれて、柾鷹はうなった。

それはちょっと厄介だ。

と、そこに「失礼しますっ」と、若いのが小走りに、とりあえずグラスに入った水を持ってきて、低い体勢から柾鷹の前に丁寧に置いた。そして、コーヒーをとりにだろう、再び急いでもどっていく。

「ケツ持ちというか、ウェルス・キャッシングという会社自体は別の男にやらせてますが、実質的には梅原が仕切っているようです。……どうやら、きっちりと遙さんをターゲットにして、仕掛けてきたんじゃないですかね」

もちろん、上からの指示なのだろう。とにかく、遙のまわりで脅しのネタを探せ、とでも号令がかかったのか。

「尼崎もいいかげん、懲りりゃいいのにな…」

水滴を弾くグラスに手を伸ばし、一気に半分くらい空けてから、柾鷹は大きく吐き出す息と一緒にうめいた。

「それと…、遙さんの従兄弟ですが、小瀬智明《おぜともあき》という男ですね。母方の従兄弟のようです。中堅のサラリーマンですが、あちこちと細かい借金をしているらしく、それに目をつけた梅原がウェルスにその借金を集めさせたようです」

狩屋は膝の上で指を組んだまま、メモを見ることもなく淡々と説明していく。

「で、集めたところで遙に連絡を取らせたか…」

柾鷹は目をすがめるようにしてつぶやいた。

ええ、と狩屋がうなずく。

短く沈黙が落ちたところに、トレイにカップを乗せてコーヒーが運ばれてくる。気をきかせたらしく、狩屋の分と二客をそれぞれの前に置いて、トレイを手にしたまま、廊下の端の方に直立したまま残った。

いただきます、と軽く頭を下げてから、狩屋がカップを手に取る。

「つまり、その従兄弟の借金をネタにして、遙を動かそうってことか」

「そうですね。梅原としては、こちらに知られないうちにその既成事実を作りたいんじゃないでしょうか」

狩屋の言葉に、柾鷹は鼻でうなった。

そうなのだろう。こっそりと、他の組に抜け駆けするみたいに、バレないうちは遙を使って株取引で金を稼ぐ。そしていずれバレた時には、あらためて遙を「神代会」で使うことを提言するつもりだろうか。

ついこの間の例会で、柾鷹は遙が神代会の仕事に関わることはきっぱりと断っていた。その上で、もし遙が他の組の「シノギ」に関わるようなことになれば、柾鷹の面目は丸潰れということになる。

いや、面目だけの問題ではない。それこそ飲まず食わずで一室に閉じこめられ、取り引きをさせられて、それこそ死ぬまで、遙は組の仕事から抜けられなくなる。

「遙さんにしても、従兄弟が人質に取られた形だと、難しい状況になるんじゃないですかね」

冷静な指摘だったが、狩屋もいくぶん表情は険しい。

「ふざけやがって…」

思わず低く、柾鷹の口から言葉が絞り出される。

とはいえ、借金の取り立てが身内のところに行くのは、この業界ではよくあることだ。千住の傘下《さんか》の金融屋でも、同じようなことはやっているはずだった。それをとやかく言う立場ではない。

「どうしますか？　四六時中、遙さんにガードをつけて、向こうが接触できないようにすることもできますが」

狩屋が静かに尋ねてきた。

「それもいつまでもってワケにはいかねぇだろ。接触できるまで、相手はしつこく、その従兄弟につきまとうんだろうしな…」

いらだたしく眉をよせて、柾鷹はこめかみのあたりを掻く。

「遙さんにうんと言わせるまで、ですね」

淡々と狩屋も続ける。

じっと柾鷹は考えこんだ。

少し落ち着くまで…、遙を外国へでもやっておくことはできる。だが遙に、従兄弟を放り出して逃げるようなことができるとは思えない。遙がその借金を肩代わりしたとすると、おそらくその後もずるずると金を引き出されるだけだ。いい金づるになる。

そして相手がその従兄弟に対してやっていることは、ごく通常の——ヤクザのシノギとしては——「仕事」なだけに、柾鷹が口を出してやめさせられるものではない。

「遙さんの対処ですかね…」

狩屋が小さくつぶやいた。

身内を切れるかどうか。

結局はそこになる。保証人にでもなっていない限り、最終的に遙が責任を負う必要はないのだ。

――身内……か。

柾鷹は短く息をついて、ソファにどさりと背中を預けた。

自分の身内は、基本的にみんなヤクザだ。その世界のしきたりも、やり方も、対処もわかっている。

だが、遙は違うのだ。

自分の意思とは関係なくその中に巻きこまれて、自分の覚悟はできていただろう。だが身内を巻きこむことに、遙が耐えられるのか。

この世界では、その時の一つの判断がその後のすべてを決めることもある。

一つの判断に命を、組の命運を賭けることになる。その覚悟と責任の重さを、柾鷹自身はわかっていた。

だがそれを、遙に背負わせるつもりはなかった。

「遙さんは……、理解されていると思いますよ」

穏やかな狩屋の声が耳に届く。

自分の立場を。自分の決断がどんな状況を招くのか。

その上で、どちらにせよ、その決断をさせることがつらかった。

「あぁ…」

自分でもわかるほど、かすれた声がこぼれた。

何も手を出せないことが、ひどくもどかしかった——。

◇　　◇

「遙さん、お出かけですか?」

玄関先から、狩屋のさりげなく呼びかける声が耳に届いた。

「ちょっとね。夕食までにはもどるよ」

それに応える遙の声。

「お気をつけて」

そんなありふれたやりとりで、遙が出かけていくのがわかる。

柾鷹がそっと玄関先まで出て行くと、遙が門の方へ歩いて行く姿が視界に映った。

ちらりと見えた横顔は厳しい表情だ。自分でも、意識はしていないのだろうが。

どうやら、例の従兄弟に会いに行くようだ。

門の向こうに姿が消えると、少ししてから二人、そのあとを追っていくのがわかる。目立たない地味なブルゾンの男と、ハーフコートの男。

ちらっとこちらに視線をよこして、軽く会釈していったところを見ると、狩屋が遙につけた人間らしい。遙の居場所だけは把握しておくように指示していたが、GPSに頼らず、実際に人をつけているわけだ。

実際、GPSでは突発的に何かが起こった時に対処ができない。それでも、遙には気づかれないように、そしてよほど危ない状況でなければ手は出すな、と伝えてあった。

多分今日は、向こうの組関係の人間が出てくる。が、おそらく、遙が直接的な危害を加えられることはない。

遙に何かあった場合、千住が黙っていないことは相手もわかっているはずだ。慎重に動いているはずだった。

だが、何もないわけではない。少なくとも遙は、そんな相手に一人で向き合うことになる。

逐一、彼らからの報告は入っていた。

遙が向かったのは都内のホテルで、一時間ほどで出てきたらしい。

遙と、そして一緒にもう一人が。

従兄弟の智明だろう。遙の方に異変はなかったようだが、そちらの男はかなり痛めつけられた状態だったらしい。

とはいえ、遙にとっての傷は、自分自身に対するものだけではない。従兄弟の身体が痛めつけられた分、心は傷ついているはずだった。

帰ってきた時、遙は本当に疲れているようだった。身体ではなく、心が。

ふだんと同じ、何でもないような顔をしていたが。

柾鷹はあえていつも通りに遙を迎え――それでもやはり、遙もいつもとは違っていたのだろう。

『抱いてくれ』

などと、遙の方から口にすることは、かつてなかったはずだ。

柾鷹は何も聞かなかったし、いつもより――いや、いつも以上に、優しく抱いてやった。

この夜、遙が求めていたのが何だったのか。

泣き言を言いたいわけではなく、ただ声を上げて身体の中にたまったやりきれなさを吐き出すこと、そして、柾鷹の存在を確かめること――だったのか。

間違いなくそこにいることを。自分の選んだ腕を、どんなことがあっても離さない、と。

遙が払った犠牲に対して柾鷹ができるのは、ただ揺るぎなく存在することなのだろうと思う。

かなり早めにベッドに入ったせいか、翌朝目覚めたのは、まだ外は白々と、夜が明け始めたところだった。

柾鷹の方が先に起きるのもめずらしい。

遙はまだ、柾鷹の肩に顔を埋めるようにして眠っていた。頰に残る涙の跡は、ゆうべさんざん柾鷹が泣かせたからなのか、あるいは…、従兄弟のことで泣けなかった代わりなのか。

『よく……わかったよ。おまえにとっては…、俺なんかどうでもいい存在だったんだな…。殺されたってかまわないってことだよな…！』

助け出してやった――はずの従兄弟には、遙が罵られていたと聞いた。別れ際、智明がホテルの前でタクシーに乗りこんだ時だ。

今回の件について、遙は何も言わなかった。

遙がターゲットになったとしたら、狙いは一つだ。ディーリングをさせること。

だがもし遙が――他の男のために、あるいは組織のためにやることになれば、必ず言うはずだった。仮に、柾鷹に隠してやれ、と脅されていたのなら、あんなにまっすぐに自分の顔を見られたはずはない。

遙は断ったのだろう。……何を犠牲にしても。

誰を――自分の身内を捨てても。

『おまえを……選んだのは、俺だ』

ゆうべ、遙はそう言った。

その言葉はうれしくも、誇らしくもあった。本当に、身体の奥からじわじわと熱いものがこみ上げるほど。

遙に、それまでの——自分以外のすべてを捨てさせたことはわかっていた。本当に、自分一人のワガママで、だ。

一度はあきらめようと思い、結局、あきらめきれなかった。

そのワガママに、遙はつきあってくれたのだ。

誰のせいにすることもなく、自分の選択として。

多分、その強さこそが、柾鷹をひきつけたものなのだろう。

「お守《まも》り」だと、柾鷹は遙に言ったことがある。

無条件に信じ、すがれるものだ。持っているだけで心強く、……自分の強さを信じられる。

ブレることなく、揺るぎなく、立ち向かう。

組の仕事にしても、遙のことにしても。すべてにおいて。

どれだけ不遜で、剛胆な男だと、遙は思っているのかもしれない。

だが、それを支えているのは遙だった。

柾鷹はしばらくじっと遙の寝顔を眺め、指先でそっと遙の頬を撫でる。イタズラするみたいに喉元をくすぐる。

「ん……」

鼻で小さくうめき、遙がわずかに身じろぎした。少し寒かったのか、喉元まで布団に潜りこみ、無意識に、だろう、ギュッと柾鷹の腕をつかんでくる。

知らず頬が緩み、柾鷹は指先を喉元へとすべらせる。

抱き合ったまま寝落ちした遙は全裸のままで、布団の隙間からのぞく胸元がひどく色っぽい。ゆうべ柾鷹がつけた痕もくっきりと残っている。胸にも、首筋にも。内腿のきわどいところにも、だ。遙の感じるところ。

「煽《あお》ってくれるよなァ…」

相手に聞こえているはずもないが、柾鷹はにやりとつぶやいた。

そして喉元から丸い肩へと指を這わせると、そのあとをそっと舌でたどっていく。

「ん…、……ふ…ぁ…」

遙がわずかにくすぐったそうに身をよじる。

力を加えないように、そっと遙の腕をとって前を開き、胸を剥き出しにさせると、さらに鎖骨のあたりに舌を這わせ、肌を味わっていく。

決してやわらかくはない。しかし、しっとりと吸いつくような感触がいい。

イタズラをするような楽しい心持ちでそっと指を伸ばした柾鷹は、薄い胸の上で突き出している小さな芽を軽く弾き、押し潰すようにして刺激してやる。

はじめは反応を見せなかった遙だが、やがてわずかに胸を反らし、何かじれるように上体をくねらせた。

「は……ん…っ、あ……」

そんな無意識の媚態に笑みをこぼし、柾鷹はさらに爪の先でカリカリといじってから、硬く存在を示すように尖り始めた乳首を舌でなめ上げる。たっぷりと唾液をこすりつけ、舌先で転がすようにしてから、濡れて敏感になった乳首を優しく指先でなぶってやる。

決して強くはしない。今は、まだ。

もう片方を口に含み、硬い粒の感触を舌で楽しみながら、もう片方は指の愛撫を続けてやる。

「あっ…、ん……、柾鷹……っ」

遙がかすれた甘い声を上げ、艶《なま》めかしく身体をしならせた。

その声に、柾鷹は口元に小さな笑みを浮かべる。

「俺がいいのか…？　んん？　カワイイじゃねぇか…」

どうやら夢の中でも、この身体を可愛がっているのは柾鷹らしい。

もちろん、この状態で他の男の名前が出ようものなら、お仕置きくらいではすまないところだが。

「好きだもんなァ…、おまえ、ココ、いじられんの」

耳に届いていないのをいいことに好き勝手なことを言いながら、柾鷹は手のひらを脇腹へとすべらせ、足の付け根のあたりを優しく撫でる。無意識に膝を閉じた遙に小さく笑い、グッと力をかけて広げさせると、まだおとなしい中心を手の中に収めた。

かろうじて着ていた浴衣の前をはだけさせ、自分のモノとこすり合わせて、たがいのを一緒に握りこむ。

「イイな…」

思わずため息のような声がもれた。

その感触に、あっという間に自分のモノは脈打ち始め、硬く形を変えていく。遙のも、心なしか反り返し始めたようだ。息づかいが乱れ、腰が小さく揺れている。熱く、乱れた吐息。

柾鷹はいったん身体を離し、そっと遙の顔をのぞきこんだ。

どこか苦しげで、それでいてねだるみたいで。

薄く開いた唇が誘っているようだった。

無防備で無抵抗な遙は、それはそれで可愛い気がするが、一人遊びもさすがに飽きてきた。やはり張り合いがない。

指先で遙の前髪を掻き上げ、柾鷹は甘い吐息を吸いこむように唇を重ねた。そしてやわらかな唇を割って、舌をねじこむ。

「ん…、――ふ…っ、んん……っ」

息苦しさにか、さすがに遙が声を上げた。腕を上げ、柾鷹の顔を押しのけようとする。

そして、ハッと目を開いた。

「なっ…、おいっ、柾鷹…っ！　……バカッ、よせっ」

そして片手で胸をいじりながら、喉元へ唇をすべらせ、さらに下肢へと狙っていく男の腕を必死に止めようとする。

「朝っぱらから何をする気だ…っ！」

「なんでだよ？　さっき、おまえがしてしてっ、てねだってきたんだぞ？」

それを下から見上げるようにして、にやにやと言ってやる。

「ウソをつけっ。そんなこと…、言うわけないだろっ」

噛みつくように反論しながらも、遙は顔を赤くして視線をそらせる。

もちろんウソだったが、声も揺れ、自分でも自信がないのだろう。

……つまり、自分がそんなことを口走っていてもおかしくない、と遙自身で思っているわけだ。

柾鷹はニタリ、と笑みをこぼした。

「ウソなわけねぇだろ…？　おまえがさんざん、俺を煽ってきたんだぜ？　カラダもアレも、いやらしくこすりつけてきてな」

煽られたのは本当だ。もちろん、勝手ないちゃもんだったが。

「ほら…、俺のはもうビンビンなんだぜ？　ここまで誘っといてお預けってのはちょっとヒドイんじゃねぇのか？」

柾鷹はさらに自分の身体をにじり寄せ、自分のモノを遙の内腿あたりに押しつけてやる。

「あっ…、や……っ…」

うわずった声を上げ、遙がとっさに腰を逃がそうとした。が、柾鷹はそれを押さえこみ、あられもなく足を大きく開かせると、そのままわずかに体重を乗せて腰を浮かせるようにする。

「よせ…ッ、バカ……っ」

剝き出しの下肢があらわになり、罵りながらも遙はこらえきれないように顔を背けた。

柾鷹は吐息で笑いながら、遙のかすかに持ち上がっている中心に息を吹きかけてやる。

「そぉかぁ？　ココは嫌がってるようじゃねぇけどな…？」

意地悪く言いながら舌を伸ばし、先端をぴちゃりとなめた。

「あぁ…っ」

ビクン、と遙が腰を跳ねさせる。

その反応に気をよくして、柾鷹はさらに舌先で先端だけをくすぐるようにこすり、遙はじれるようにビクビクと小刻みに腰を揺すって、じわり…、と透明な蜜を溢れさせる。

「おいおい…、先っちょだけで気持ちイイみたいだな？　もうこぼしてるじゃねぇか…」

「うるさい…っ」

にやにやといやらしく言ってやると、遙が真っ赤な顔で声を荒らげた。

「ふーん？　いいのか、そんなこと言って。この先、してほしくねぇのか？　さっきは俺の名前を呼びながら、いっぱいおねだりしてくれたのになー」

「言ってないって…っ、言ってるだろ…っ！」

わめくように必死に否定しながらも、視線は泳いでいる。

柾鷹の名前を呼んだのは確かだ。ゾクゾクするくらいうれしかった。

そう、あれで完璧に煽られたのだ。どう考えても、やっぱりこんなに飢えてしまったのは遙のせいだった。

責任はとってもらわなければならない。

柾鷹はさらに舌を伸ばし、先端の小さな穴を集中的にいじって遙に声を上げさせてから、すっかり反り返してしまったモノにあえてゆっくりと舌を這わせていく。

「んっ…、はっ…、ぁ…っ」

柾鷹の舌に少しでも近づけようと、遙がもどかしげに身体を揺らせ始める。

恥ずかしく欲しがるモノを柾鷹は何度も往復してしゃぶり上げ、ポタポタと先端から滴らせる蜜をすくうようにしてなめとる。

「やぁっ…、もう…っ、——強く…っ」

遙がガクガクと腰を揺らせながら、たまらないようにねだってくる。

しかし柾鷹はただやわらかくなぞるように舌を動かし、さらに指を使ってかすめるように表面だけをなぶっていく。筋をたどり、くびれをいくぶんきつめにこすってやると、あられもない声を上げて遙が腰を振った。

「あぁっ…、あぁぁ……っ」

その刺激に大きく身体をのたうたせ、先端から恥ずかしく滴を飛び散らせる。

「あぁっ、あぁ…っ、強く……っ、もっと……っ、こすって……っ」

「ずいぶんもの欲しそうだな…、ええ?」

にやりと笑いながら、柾鷹はすでに硬く反り返し、先端からはヨダレを垂らしているモノを手の中にそっと収める。

「もう……頼む……からっ」

包みこむようにして優しくなぞってやると、遙がシーツを指で引きつかみながら、どうしようもなく柾鷹の手に自らこすりつけてくる。

「よしよし…、可愛くしてろ」

楽しくつぶやくと、柾鷹はさらに遙の足を大きく開いて下肢を恥ずかしくさらけ出させ、先端からゆっくりと口にくわえていった。

「んっ…、あっ、あぁぁ……っ」

遙が大きく身体をのけぞらせる。

「あぁっ、あぁ…っ、いい……――」

口の中できつくこすり上げると、遙がこらえきれないように甘いあえぎをもらす。

落ち着きのない子供みたいに動き回る腰を押さえこみ、濡れそぼった遙のモノを手の中で強弱をつけてこすってやりながら、根元の双球をしゃぶり上げる。

「ふ…ぁ…っ、あぁっ……あぁ……っ、――もう…イク……っ」

快感の声を上げながら、遙がせっぱつまった声を上げる。

「……おっと」

それに、柾鷹は急いで根元を指で押さえこみ、とろとろと蜜を溢れさせる先端を舌でなぶると、そのまま遙の足へと唇をすべらせた。痕を残すほど内腿をきつく嚙むと、遙が悲鳴のような声を上げる。歯形の痕をたどるみたいに舌でなぞり、さらに泣かせてから、じわじわと奥の方へ唇を這わせていく。

「んんっ…、あっ…んっ…、あぁぁ……っ」

細い溝を繰り返しなめ上げ、ようやく奥の窪みへたどり着くと、早くも媚びるみたいに収縮する襞へ舌先を触れさせた。

我慢できず、いっせいに襲いかかってくるような襞を押し開くようにして舌をねじこみ、たっぷりと唾液を塗りこめるようにしてなぶってやる。

ゆうべさんざん可愛がってやったそこは、あっという間にやわらかく解《ほぐ》れ、男の舌先を悦んでくわえこんでいく。

いったん口を離した柾鷹は指先で溶けきった襞をかき回し、ゆっくりと指を中へ差し入れた。

ゆうべ自分が中へ出したモノは、とりあえず掻き出してやっている。

「ふ…ぁ…、あぁ……ん…っ」

それでも遙の中はしっとりと指に絡みつき、むさぼるように締めつけてくる。

その抵抗を楽しむように何度も出し入れし、中をこすり上げられる快感に、遙が甘い声を上げて身をよじった。

「——んっ…あっ、あぁっ、そこ…っ、あぁっ…、いい…っ、いい……っ」

指を二本に増やし、さらに中をかき乱してから、知り尽くした遙のいいところを立て続けに突き上げるようにしてやると、遙が息もできないくらいに激しくあえぐ。

「まだイクなよ…」

その切なげな、溶けるような表情を眺め、無意識に唇をなめながら、柾鷹はかすれた声でつぶやいた。

「――やぁ…っ、まだ……っ」

そして指を一気に引き抜くと、遙が泣きそうな声を上げた。

「もっとイイもんをやるよ」

低く笑い、柾鷹は遙の腰を強く引き寄せる。

そしてすでに硬く張りつめた男をとろけた入り口へあてがうと、一気に貫いた。

「ふ…、あっ、あぁ……っ」

指先がシーツをつかみ、遙が大きく身体を伸び上げる。柾鷹は遙の両膝を抱え上げると、さらに深く突き入れた。

「ん…っ、あぁぁ……っ！」

瞬間、遙が前を弾けさせる。先端から吹き出した滴が遙の胸に、柾鷹の顎に飛び散る。

それを指先で拭いながら、柾鷹は低く笑った。

「おいおい…、早すぎるぞ」

いやらしく言いながら、濡れた遙の前をさらりと撫で上げてやる。

柾鷹の男は、まだ遙の中で硬いままに脈打っていた。

「まさか俺をこのままほっとくつもりじゃねぇだろうなァ…？」

放心したように息をつく遙の膝を押さえこんだまま、柾鷹はズッ…ズッ…、と腰を前後に動かしてやる。

抜き差しが繰り返され、中を激しくこすり上げられて、遙の息が再び荒くなった。

「も…、柾鷹……っ」

目元を赤らめ、泣きそうな顔で遙がうめく。

無意識のように上がった手が、早くも頭をもたげ始めた自分のモノをしごこうと、中心へ伸びていく。

「おっと…、ダメだ」

柾鷹は素早くその手をつかみ、無理矢理引きはがすと、わずかに腰を浮かすようにして、一気に激しい突き上げを繰り返してやる。

「っ…、あっ…、あっ、あぁっ…、あっ、ダメ…っ、ダメだ……っ」

遙が切羽つまった声であえいだ。

それでも腰は淫らに揺れ、先端から蜜がこぼれ始める。

「なんだ？　煽るだけ俺を煽っといて、また一人でイッちまう気か？」

なじるように言うと、柾鷹は遙の腰を抱え、一気に抱き上げた。

「——なっ…、あぁぁ……っ！」

中へ男をくわえこんだまま、いきなり膝へすわりこまされ、遙は大きく背中をのけぞらせる。

「ほら…、俺もイカせてくれよ」

あやすように背中を、うなじを撫でながら耳元でささやくと、遙がようやく息を整えて、そっと男の肩に腕を回してきた。

悔しげな涙目で柾鷹をにらむが、やはりどうやら自分だけイッたことにいささか申し訳ない気持ちがあるのだろう。

「ほら…、遙」

促すように顎を振ると、遙が小さく腰を揺らすように動かす。目を閉じ、柾鷹の肩口に顔を埋めるようにして——あるいは顔を隠すつもりなのか、ゆっくりと腰を上下させる。

「いいぜ……」

柾鷹自身、きつく締めつけられ、こすり上げられて、思わず低い声がこぼれた。

「く…っ…、バカ……っ」

遙の中でまたひとまわり大きくなったようで、遙があせったように吐き出す。それでも腰の動きは止まらず、さらに速いスタンスでむさぼり始める。

やがて遙は柾鷹の肩にしがみついたまま、激しく腰を振り立てた。さらに自分のイイところに当てようと無意識に角度を変え、深さを調整する。

そんな様子に唇で笑いながら、柾鷹は指を伸ばして遙の乳首をひねり上げた。

「つっ…ァ…っ…、あぁ…っん…っ」

そんなイレギュラーな動きに遙は大きく伸び上がり、危うく抜けそうになる。

その腰を引きもどし、柾鷹は下からいっぱいに突き上げた。

「あぁ…っ、あぁっ、柾鷹……っ」

男の肩に爪を立て、遙が夢中になってあえぐ。つながった場所がぐちゅぐちゅといやらしい音を立て、さらに熱く密着していく。

「ほら…、遙、……キスしてくれよ」

うなじのあたりで髪をつかみ、軽く引き寄せるようにすると、乱れた息を吐きながら、遙が薄く唇を開き、柾鷹の唇に重ねてくる。

「ん……」

こんなに素直にキスしてくれることなど、めったにない。まさしく盆と正月が一緒に来たような幸運だ。なかば意識が朦朧とし、まともに考えられないのだろう。

唾液を移し合うような深いキスを何度も交わし、柾鷹の手が腹に当たっている遙の前を握りこんだ。

手の中で全体をこすり上げ、指先で先端をもむようにいじると、一瞬、悲鳴のような声を上げ、しかしすぐに嬌声に変わる。

「んっ…、あぁっ、……柾鷹…っ、柾鷹……っ、奥…っ、奥に……——あぁ…っ、イイ……っ」

「全部……やるよ」

かすれた声で耳元にささやき、柾鷹は遙の耳たぶを軽く嚙む。

「ひ…ぁっ…、あぁぁぁ……っ！」

次の瞬間、一番奥まで突き上げてやると、遙が一気に上りつめた。

きつく絞りこむように締めつけられ、柾鷹も熱い中にすべてを解放する。長く溢れたものをすべて遙の中に注ぎこみ、ようやく離れると、遙の身体がぐったりとシーツへ沈んだ。

いったん汗ばんだ身体から離れた柾鷹は、背中からしっかりと抱き直す。

「ほら…、幸せだろ？　こんなにおまえをよくしてやれる男は、他にはいねぇからな」

前に回した指で小さな乳首を、そして中心をなぶりながら、柾鷹は耳元で小さく笑う。

「他にもっとイイ男はいるかもしれないが、あいにく、おまえしか知らないからな…」

荒い息の下で、憎たらしく可愛い言葉がつっけんどんに返ってくる。

「他の男を経験させる気はねぇからな…。俺で満足しとけ」

ぎゅっと両腕に力をこめた腕の中で、遙が吐息で笑う気配がする。

そしてそっと、その手が柾鷹の腕を撫でた——。

◇　◇

「アレだな…」

車のフロントガラス越しに高台を上ってくる二台の車を見つけ、柾鷹は目をすがめて小さくつぶやいた。

郊外の、高級別荘地だ。先導しているのは地味な灰色のセダンで、それに続いているのは黒塗りの高級車だ。

見晴らしのいい高台の更地の前に相次いで停車し、セダンから運転していた小柄な男が車を降りてきた。後ろの高級車では、助手席から着崩れたスーツの男が一人飛び出して、頭を下げながらリアシートのドアをうやうやしく開く。

ゆったりと降りてきたのは、ガタイのいいスキンヘッドの大男で、きっちりとした仕立てのスーツ姿だった。無造作にタバコをふかす姿はいかにも威圧感がある。借金の取り立て屋としては最高だろう。

反対側のリアシートから降りてきたもう一人と、助手席にいた男の二人を引き連れるようにして、検分するみたいにかなりの広さがある更地へと足を踏み入れる。

セダンの男が案内するように前に立ち、彼らにヘコヘコと頭を下げていた。

そんな様子を、柾鷹たちは少し離れた斜め上の建物の陰に停めた車から眺めていたのだ。

「ええ、梅原ですね。間違いありません」

横にすわっていた狩屋が確認して、小さくうなずく。

「尼崎組の若頭補佐で、傘下の金融関係を仕切っている男ですよ」

「例の、ウェルスとかいう金融屋もだな」

「はい。もっとも梅原自身は金融屋ではなく、ブローカーみたいですけどね。土地やら、船舶やら、手形やら、手広くやっているようです」

そんな説明に、柾鷹は小さく鼻を鳴らす。

いずれにしても、本業は「ヤクザ」だ。

「遙に接触したのはあの男に間違いないんだな?」

柾鷹の問いに、狩屋が、ええ、とうなずく。

「あの日、遙さんたちのあとで梅原がホテルから出てきたのを、うちの連中が確認しています。証拠もありますしね」

「そうだな。……よし。行ってくれ」

柾鷹が顎で指示すると、ぴしっと背筋を伸ばした運転手が静かに車をスタートさせた。

ゆっくりと坂を下り、黒い車の後ろにぴったりとブルーのレクサスを停車させる。

この場所からの見晴らしや、広さを検分していた梅原が、パタン、と車のドアが閉じる音にようやく、こちらの気配を察して怪訝に振り返った。

そしてその表情に、一瞬、明らかな驚愕を浮かべる。

「千住の……」

小さく口の中でつぶやいたきり、言葉を失った。それでもさすがに表情を引き締め、すぐさま立て直す。

「こんなところでお会いするとは……、奇遇ですね、千住の組長」

顔に不気味な愛想笑いを貼りつけ、男が口にする。

「奇遇だと思うか？　梅原」

柾鷹の方も口元に笑みを浮かべ、のんびりと聞き返してやる。

「……じゃなければ、何だって言うんです？」

ある種の予感は、もちろん、あるはずだった。それでも梅原は怪訝そうに聞き返してくる。

実際、状況を把握し切れていないのだろう。

と、その時、梅原たちをここまで案内してきた小柄な男が、素早く自分の乗ってきたセダンに乗りこみ、エンジンをかける。

「あいつ…、まさか…ッ」

子分の一人が顔色を変え、ハッとしたように声を上げた。とっさに追いかけようとしたが、車はあっという間に走り去る。

「まさか……」

苦虫を噛み潰したように、梅原がうなった。

自分たちがここへおびき出されたのだ——、と、どうやらようやく、察したようだ。

確かにさっきのは、柾鷹が送りこんだ男だった。傘下の街金に多額の借金を申し込み、自分の叔母の持ち物だという触れ込みのこの土地をその担保としてどうか、とうかがったのだ。別荘地としては一級品のこの土地に、梅原は飛びついた。カタにはめて取り上げることができれば、すぐにでも何倍もの値で売れる。……と計算して。

だがそれは、絵に描いた餅だったわけだ。

「……アタシに何の用なんです？」

梅原が憎々しげに柾鷹をにらんだまま、膨れあがる怒気を押さえ込むように低く尋ねてきた。

もちろん、その用件に察しがついていないはずもない。

柾鷹は何気ないように口を開いた。

「なに…、先日はうちの顧問が世話になったようだからな。礼の一つも言っておこうと思ったまでだ」

「千住の顧問というと、……朝木さんですか？　あの方がそう言ったんですかね？」

ふてぶてしく男がうそぶく。

「いや？　だが、おまえにこれを返しておこうと思ってな」

それに柾鷹は片頬で笑うと、おもむろに胸ポケットに指を突っこんだ。

「落とし物だ」

軽い調子で続けると、ポケットに差していたサングラスを摘まみ上げ、男に向かって無造作に放り投げる。

いくぶんいぶかしげにそれを受け止め、角度を変えてそれを眺めて、梅原がハッと表情を強ばらせた。

あの時、ホテルで遙に――というより、智明に渡した自分のサングラスだと気づいたようだ。

遙につけていた男が、智明が遙に投げつけたそのサングラスをさりげなく拾っていた。ホテルに入る時、遙が持っていたものではないし、ふだん梅原がよくサングラスをかけているところも見かけていたらしく、元の持ち主を察したわけだ。実際にブランド物の、かなり高級なサングラスだった。

「おまえのだろ？」

唇だけで笑い、しかしまったく笑っていない眼差しで男を見据えたまま、柾鷹は言った。

「……どうですかね？　似たようなのは、確かに持ってましたが」

しかしさすがに梅原も修羅場を抜けてきた男だ。硬い表情のまま、何気ないように軽く返してくる。

かまわず、柾鷹はぴしゃりと言った。

「わかってんだろうな、梅原？　遙のことはこの間の例会でケリはついているはずだ。それをまたおまえが蒸し返すつもりか？　つまりおまえは、会の方針に逆らおうってワケだ。やっぱりそれは、尼崎の組長の指示だと思っていいんだな？」

追い立てるように言葉を連ねると、さすがに梅原があせった表情を見せ、落ち着きなく視線を漂わせた。

もちろん尼崎の指示だったはずだが、梅原の立場でそれを認めるわけにもいかない。

「待ってくださいよ…。おたくの顧問がうちの客と親戚だったのは、単なる偶然だ、千住の組長。

アタシは通常の取り立てをしたまでです。そちらの組でだってやってることでしょう？」

「どうだかな。おまえの目的は別にあったはずだ」

ふん、と柾鷹は鼻を鳴らす。

「でなきゃ、遙を巻きこむ必要はない」

「金はあるところから返してもらうまでですよ」

梅原が抗弁する。

「ほう…？　だったら、その遙の男である俺にも、取り立てをしてみちゃどうだ？　俺も金は持ってるつもりだがな？」

さすがに梅原が黙りこんだ。

柾鷹はまっすぐに男を見返したまま、淡々と続けた。

「遙は…、おまえの脅しに屈しなかったんだろ？　結局おまえらは、あいつを見誤ってたってことだ。そんなに簡単に、あいつが俺を裏切るとでも思ってたのか？」

ムッとしたように梅原が息を詰め、憎々しげに柾鷹をにらんでくる。

「ずいぶんと冷たい人だとは思いましたがね…」

負け惜しみのように吐き出す。

「いいや、遙は選んだだけだ。自分が悪者になってもな。それだけの覚悟があって、俺のところにいるんだよ」

揺るぎのない言葉に、梅原が苦々しく顔をしかめる。

「あいつは俺が認めた男だ。……いや、俺があいつに認められた男かな？」

にやりと笑いながら、柾鷹はゆっくりと男に近づいた。

「その信頼を、俺も裏切るつもりはないんでね。俺にできることはするし、もし…、遙が望まない人間から指一本でも触れられるようなことがあれば、俺も黙ってるつもりはない」

ねっとりと、いかにも意味ありげな言葉に、梅原の必死に引き結んだ唇の端がピクピクと震えている。

「次はないと思っとけ。……尼崎にもそう伝えておくんだな」

ぽん、と馴れ馴れしく肩に手を置き、耳元でささやくようにそれだけ言うと、柾鷹はスッ…と踵を返した。

車の助手席から出たところで立って待っていた男が手早くリアシートのドアを開き、柾鷹はゆったりとシートに腰をつける。

回りこんだ狩屋が反対側から乗りこんできて、同時に助手席に男がつくと、車が走り出した。

振り返りはしなかったが、バックミラーにちらりと梅原の強ばった顔が映る。

「これであきらめますかね…？」

狩屋が小さくつぶやく。

「どうだろうな」

柾鷹は静かに返した。

だが決して、遙の選択を後悔させることはしない。

それだけは確かだった――。

end.

# come home
―お泊まり―

それは変なタイミングでの連休だった。

六月というと、カレンダー的な祝祭日はない。

地方にある中高一貫の全寮制、私立瑞杜《みずもり》学園でもそれは同様のはずだったが、この年は寮の改修工事の関係で、まずは高等部から、週末と合わせて四日間のまとまった休みになっていた。

よく言えば歴史ある、そこで生活している身にしてみればボロい、開校以来使っている寮だったので、実際、最近の豪雨の影響もあってか、笑えないくらい雨漏りがひどくなっていた。

これまでもできるところから少しずつ、昼間、学生が授業に出ている間に改修を進めていたようだが、本格的な梅雨入り前に一気に大きなところをやってしまおう、ということのようだ。

とはいえ、学生にしてみれば、その間、生活の拠点が失われる。

大多数の生徒は実家に帰省して、一応「自宅学習」という形になっていた。強豪と呼ばれるクラブに所属する運動部員たちは、それに合わせて合宿やら遠征やらを組んでいるところもあるようだ。研修や勉強会を実施する文化部も多い。

家族が海外にいるような生徒もいたが、全員クラブ制をとっている瑞杜なので、たいていはそちらでフォローされていた。

しかし、この瑞杜学園高等部の三年に在籍していた能上智哉《のがみともちか》としては、この予期せぬ休暇は少々、困った事態だった。

クラブは一応、剣道部で、全国的にはそこそこのレベルだったのだが、能上自身は幽霊部員で、あまりクラブにも部員たちにも馴染みがなく、今さら顔を出して、高三の今、最後のインターハイに向かって邁進している選手たちの邪魔をしたくはない。

実家に帰省するのが普通なのだろうが、……能上に「実家」と呼べるものは、実質的に存在しなかった。

能上の母は、雪村《ゆきむら》という与党の政調会長を務めたこともある有力な国会議員の愛人だった。つまりその雪村が、能上の遺伝子上の父親になる。

知り合った当時、母は大学生で雪村の選挙事務所でアルバイトをしていたらしい。雪村はその若い学生に手をつけた、というわけだ。

当時、雪村は未婚であり、母なりに雪村の妻となることを夢見ていたのだろうか。つきあい始めて数年もたって、だまし討ちのように能上を産んだ。

しかし雪村にとっては、はじめから手頃な遊び相手だったのだろう。実際、能上が生まれた頃、雪村は有力な政治家の娘との婚姻が整っていた。

そしてなだめるために母に赤坂に店を構えさせ、マンションを与えた。

母にとっても、能上は結婚の道具か、あるいは金を引き出すための道具だったのかもしれない。

幼い頃の能上はほとんど父に会ったことはなかったし、母も華やかな夜の仕事が案外、気に入ったらしく、ろくにかまってもらった記憶もなかった。能上を育ててくれたのは、母方の祖父母だったと言っていい。

だが、その祖父母も小学校の四年くらいの時に亡くなり、母も五年前に病死して、仕方なく、だったのだろう、父に引き取られることになった。

認知はされていたようだが、名字は母の「能上」のままだ。

父には正妻との間に息子がおり、能上にとっては腹違いの弟だが、どうやらその弟が将来、父のあとを継いだ時、補佐できるようにという思惑もあったようだ。

しかし能上にとって、新しく暮らすことになった父の家に自分の居場所はなかった。

父が能上のことを気にかけることはほとんどなかったし、義母にとってみれば血もつながっていないどころか、夫の愛人の子だ。しかも、自分と結婚する前からできていた。愛情など持てるはずもない。

半分血のつながった弟だけが、能上に懐いてくれていた。――ように見えた。

しかしその弟にしても、結局、能上を利用しているだけだったのだ。

その弟の関係でちょっとした事件があり、実家――雪村の家がごたごたしていたのは、つい先日のことだ。

いや、いまだごたごたの後始末の真っ最中、と言える。

事件のせいで弟の翔《かける》は瑞杜を退学することになり、引き取ってくれる他の学校をあわてて探している最中だ。もちろん、その「事情」をくわしく語れるはずもなく、いろいろと苦慮しているのだろう。

そんな中に、能上がのこのこと帰れるはずもなかった。

義母はきっとヒステリックに叫んでいるはずだし、父親はそんな家庭の面倒は義母と秘書とに押しつけて、仕事と新しい愛人にかまけている。退学してヒマになった弟が何をしているのかは知らないが、とうてい自分を裏切った兄に友好的なはずもない。

とりあえず能上は、「実家に帰省」と書類には記入して学校を出たものの、初日は知り合いの家に泊まった。母がクラブのママをしていた時代の、ホステスの家だ。母が現役だった頃、たまに店に顔を出すと可愛がってくれた女だった。

とはいえ、彼女にも「男」がいるので、そうそう長居をするわけにはいかない。そうでなくとも、それっぽいモーションをかけられるとやはり居辛い。彼女にしても、ピチピチの男子高校生のカラダには興味津々らしいが、わざわざ彼女の男と面倒なことになりたくもなかった。

土曜の朝、早めにマンションを出て、さて、どうするかな…、と能上はちょっと思案した。

とりあえず、金がないわけではなかった。

能上の口座には、毎月定期的に「小遣い」が入っている。父からだが、秘書が自動的に振り込んでいるのだろう。山の中の全寮制では使う場所もなく、ほとんど手つかずのまま貯まっていた。数日のホテル代くらいまったく問題はなかったが、年齢がごまかせるだろうか、という不安はあった。うかつに補導され、父に連絡が行くと面倒だ。しかし長身で、体格もよく、なんとか大学生でいけそうな気もする。

しかし問題は、泊まるところより、することがない、ということだ。

全寮制だったため、今までは学校にいれば何とかなった。友人は多くなかったが、気が向いて身体を動かす場所もあったし、お気に入りの場所を見つけて昼寝をしたり、まあ、部屋の掃除とか洗濯とか。図書館でそれなりに勉強することもできる。

しかし便利で華やかで、何でもある街へ出て、「自由」になって、正直、これほどすることがないとは思ってもいなかった。

昨日はふらっと映画館へ入ったり、本屋へ立ち寄ったりもしたが、そんな程度だ。競輪や競馬や…、まあ、未成年という問題はあったが、それ以前に興味がない。

何をしていいのかわからなかった。考えてみれば、まともな趣味もない。

——つまんねぇ人間だな……。

あらためて気づいて、自分でも笑ってしまうくらいだ。

特にあてもなくマンションを出た能上は、街中をふらふらしてとりあえず見かけたファストフードの店へ、朝食がてら入った。

駅の近くなら、この時間、もっとサラリーマンやOLが一心不乱に出勤しているのかと思ったが、考えてみれば週末だ。どこかまったりとした空気だった。

ホテルに泊まるにしても、今日はどこで時間を潰すかな…、とぼんやり考えながら、入ったトイレで鏡を見て、ふっとそれに気づく。

無造作に前髪をまとめていた、髪ゴム。フェイクファーがほわほわしている、ファンシーなウサギがついたやつだ。

多分、自分には不似合いなそんな髪ゴムをくれたのは、学校の友達だった。……友達、と言えるのかどうかわかないが。

瑞杜の、同じ学年の男だ。男にしては可愛すぎる、そいつならこのウサギのゴムも違和感なく似合いそうな、華奢で可憐な雰囲気の男。

学校では国香《くにか》知紘《ちひろ》という名前で通っていたが、本当は千住《せんじゅ》知紘というらしい。

千住組というヤクザの息子だ。

関東の一大勢力である「神代《かみしろ》会」の中でも、かなり中核にいる大きな組で、能上も名前は知っていた。

つい先月の、例の「事件」で知り合った——というとおかしいのだろう。すでに二年以上、同じ学校にいる。しかも同じ寮生活で。

しかし、本当に知り合ったのはここ最近だった。

そもそもまともに認識したのは、能上が学校の中にあるいくつかの「喫煙所」で、続けざまに知紘とかち合ったせいだった。寮のボイラー室の裏だとか、理科準備室だとか。

その時の知紘は、いつも生野《いくの》という男と一緒だった。能上とは同じクラスで、もちろん顔も名前も知っていた。知っているだけ、というくらいだったが。

そんな人気のない場所に、知紘たちは喫煙しに来たわけではない。ある意味、もっと健全で高校生らしい行為——セックスをしにきたようだった。

実際、能上がいたすぐそばでやり始めたのだ。

最初、向こうは気づいていなかったので、能上としては最後まで観賞してやってもよかったのだが、とりあえず存在を知らせてやった。

邪魔をする形になり、知紘は見られた恥ずかしさよりも、中途半端になったことにぷりぷりと怒っていたが、能上の立場からすれば、自分がいたところに、あとから二人が来てやり始めたのだ。知ったことではない。

正直それまで、知紘がそれほど奔放《ほんぽう》な性格だとは思わなかった。

学校では、何というか、明るく、無邪気で、人当たりがよくて、人気者の部類に入る――はずだ。能上にしても、通り一遍の印象でしかなかったが。

しかし実のところ、とんだ食わせモノだった。まさしく、天使の顔をした堕天使といったところか。

……まあそれも、ヤクザの息子だと言われれば納得だ。

だがもしかしたら、能上としては、二人には世話になった、というべきなのかもしれない。

彼らが――勝手にではあったが――してくれたことで、能上としてはある事件の無実が証明されたのだ。

それとともに、新しい方向へと歩き出すきっかけをくれた。

この臨時休暇に、知紘はおそらく帰省しているのだろう。もちろん、生野も一緒に。

華やかな目立つ容姿の知紘は、それまで特に接点のなかった能上も顔と名前を覚えているくらいだったが、生野祐哉《ゆうや》も、ある意味、目立つ存在だった。

この半年でいきなり目立ち始めた、と言った方がいいのかもしれない。

スカーフェイス。ざっくりと、右頬に走った深い傷跡で。

普通の高校生が持っているモノではない。が、「これモン」とよく指で頬に傷を描いてゼスチャーで言うように、その筋の人間なら、まったくその通りだったわけだ。おそらく学友たちの誰もが、まさか、と思っているはずだったが。

知紘と生野とは、それこそ中学で瑞杜へ入学する前からつるんでいたようだし、どうやら知紘が「本家」の息子なら、生野は分家筋の人間で、知紘の守《も》り役ということらしい。

能上からすればいらだつ関係だが、どうやら生野の方はそれで満足しているようで、……むしろそれをまっとうすることに精力を傾けている。まったく、気が知れねぇな…、とあきれるしかない。

そんなことが頭をめぐるうちに、あ、と能上は思い出した。

ポケットを探って財布を取り出し、レシートに埋もれていた小さなメモ用紙をなんとか見つけ出す。

今回、寮の改修工事で高校生が一斉帰省になったわけだが、空港組を送るバスに乗りこむ直前、知紘に渡されたのである。

素っ気なく住所だけが記されたメモだ。

『ヒマだったら、遊びにくれば?』

という言葉とともに。

そこまでヒマじゃない…、とその時、能上は思ったものだったが、本当に想像以上にヒマを持て余してしまっていた。

まったく街中までバスで一時間の山の中の学校より、何でもそろっている都会の方がやることがないとは。

単なる気まぐれかと思っていたが、あるいは知紘は、能上の家の事情を察していたのかもしれない。能上が「実家」へは帰らないだろうことも。

かといって、その言葉に乗せられるようにうかうかと出かけるのもちょっとばかり業腹《ごうはら》だが、……しかし、ヤクザの本家、というのには少しばかり興味を惹かれた。やはりめったに見られるものじゃない気がして。

何もない時にわざわざ冷やかしに行くのは危険な気がするが、知紘がいるのなら、万が一、門前で舎弟たちに囲まれても言い訳できる。

ちらっと携帯を見ると、まだ朝の九時前だ。一日が長すぎる。本当に、ヤクザの本家を見物に行くくらいしなければ、時間の潰しようがない。

次にやることが決まると、少しばかり足取りが軽くなる。

トイレを出ると、能上はそのまま外へと足を踏み出した——。

◇

◇

そのバカでかい門の前で、能上はしばらく立ち尽くしてしまった。

正直、おおー…、という感じだった。

堂々たる門構えに、高くめぐらされた塀はのけぞって眺めなければ端が見えず、相当に広い敷地だとわかる。どこぞの高級料亭のようにも見えるそこが、千住組の本家らしい。ヤクザとしても相当な「老舗《しにせ》」なのだろう。

もっとも軒先や、塀の向こうからのぞく立派な植木のそこここにある監視カメラの数が、料亭とは一線を画している。

能上の――というより、雪村の家もそれなりに格式があり、かなり重厚で豪邸と言えたが、正直、これほどではない。

興味本位でふらっと来てはみたが、さすがに気安くピンポンできる気がしなかった。

一周して帰ろうか、と思っていると。

いきなり正面の大きな門の横にある、通用門――だろうか。中から開いたと思ったら、ジャージ姿の男がのっそりと現れた。二十歳そこそこの、軽快な感じのする男だ。

「おい、おまえ」

あたりを見回し、能上を見つけて、いささか難しい顔で近づいてくる。

「さっきから前をうろついてるみたいだけど、ここに何か用か？」

なかば脅すように、凄みを感じさせる口調ではあるが、少しばかり声が高いのと、小柄で愛嬌のある顔立ちのせいか、あまり迫力はない。しかも片手には竹箒を持っており、いかにも掃除をしに出てきたという風情だ。

何というか、本質的な人のよさがにじみ出しているようで、こんなんでヤクザをやっていけるのか…？　と他人事ながら心配になる。

使い走りといった下っ端なのだろうが、とはいえ、この塀の向こうには何十人もの強面《こわもて》のお兄さん方がいるわけだろう。

やはりヘタに関わらず、走って逃げるべきか、とも思ったが、逃げるというのも、また悔しい気がする。

「あー と…、国香くん、こっちに帰ってますか？」

とりあえずそんな言葉を押し出すと、男がちょっと驚いたように目を丸くして聞き返した。

「国香…？　えっ、あ、知紘さんの友達？」

「ええ、まあ」

なんとなく曖昧な返事になる。

「あっ、ちょっと待っててくださいっ」

なんだか急に敬語になり、男がパタパタと中へもどっていった。

どうやら中からチェックされていたらしい。

そうか、やっぱり監視カメラを確認してる人間もいるだろうな…、とぼんやり思いながら、能上はちらっといくつかあるカメラを横目にする。

住宅街の中ではあるが、端の方の一区画を独占している大きな家だ。すぐ目の前にある堤防の向こうは川が流れており、桜だろうか、並木になっていて、季節になれば家にいながら花見ができそうだ。古くからある住宅街なのだろう、周囲にはどっしりとした家が多く、落ち着いた雰囲気の町並みだった。

なるほど、新興住宅地のど真ん中のヤクザの家などはご近所の皆様の集中砲火を浴びそうだが、まわりも何代も続いている中に変わらずある、という感じらしい。ご近所とのつきあいも、何世代にも渡って長いのだろう。

そのまま五分ほども待たされて、再び通用門の扉が開いた。

そして、ゆっくりと生野が姿を見せる。

ここでも一緒なのか…、というか、一緒に住んでいるのか？　とさすがに驚く。

もっともこの規模の家なら、住んでいるのが知紘の家族だけ、ということはないのだろう。何人もの組員が同居しているはずだ。部屋住み、というのだろうか。

能上の姿を確認して、ああ…、という顔で生野がうなずいた。

そしていったん頭を引っこめると、再び出てきて、そのあとから知紘がひょこっと顔を出す。

「わっ、ホントに来たんだ」

そして能上を顔を見た瞬間、おもしろそうな声を上げた。

「悪かったな」

思わず憮然と返した能上に、知紘がパタパタと手を振った。

「じゃなくて、よく度胸があったなー、と思って。うちに学校の友達が遊びに来たの、初めてだよ」

そんなふうに言われて、なるほど、と思う。

まあ、そうだろう。ヤクザの組長宅に、子供を遊びに行かせたがる親などいない。

そして、さらりと知紘の口から出た「友達」という言葉が、ちょっと耳に残る。知紘にしても、言葉の綾という程度の感覚なのだろうが。

「ま…、ヒマだったんでな」

言い訳でもあり、真実でもある言葉を口にする。

「だよねー」

知紘が肩を揺らして笑う。

「じゃ、知紘さん、俺はそろそろ」

タイミングを見るようにして、生野が横から声をかけてきた。

ざっくりとしたシャツにハーフパンツ、足下は下駄履きといったラフな格好の知紘とは違い、生野はジャージのズボンに黒のTシャツ、「空手道」の文字とともに瑞杜の校名が入ったウィンドブレーカーのようなものを羽織っていて、スポーツバッグを片方の肩に引っかけ、ちょうど出かけるところだったようだ。

「あっ、うん。またあとでね」

手を振る知紘に軽く頭を下げ、能上にも小さくうなずくようにしてから、生野が駅の方へ歩いて行った。

「今から合宿なのか？」

その背中を見送りながら尋ねた能上に、知紘が軽く首を振った。

「空手部はこの休みにこっちの学校と練習試合、組んでるみたいだよ」

ああ…、と能上はうなずく。

インターハイの県予選も間近だ。最終調整というところだろう。

瑞杜はいくつかのスポーツでかなりの強豪校と言われているが、空手もその一つだった。

瑞杜学
空手道

「あいつ、強いのか?」

「生野は個人でインハイへ行けるよ」

能上の問いに、知紘が気負いもなくさらりと答える。

狙える、ではなく、行ける、と。しかも迷いのない、当たり前のような顔で言い切った。

「ま、入って。こんなところで立ち話もなんだし。……掃除の邪魔だし」

そう言って、知紘が後ろを振り返った。

いつの間にか、さっきの下っ端の組員が門前の掃除を始めている。

門をくぐる知紘と、あとに続いた能上に向かって、ピキッと腰を折って、「あっす!」と挨拶してきた。

……何あっす、なのかよくわからなかったが。

おはようございます、なのか、こんにちは、なのか、いらっしゃいませ、なのか。あるいは、お疲れ様です、なのか。

ある意味、何にでも使えて便利な言葉(?)だ。

少しばかり低い門をくぐると、思わず、うわ…、と声が出そうな広い庭が目の前に広がっている。美しく配置された庭木で、母屋が見えにくいくらいだ。

大きな正門からは石畳が続き、車は玄関先まで乗り入れられるようだ。どこかに駐車場もあるのだろう。石畳はさらに枝分かれして奥まで続いており、まだいくつか離れのような建物もありそうだ。

それこそ、車が停められそうな広い玄関から中へ入り、庭の見える和室へ通される。

畳へ腰を下ろした知紘の向かいで、能上も何となくホッとして足を伸ばした。

いらっしゃいませ、と廊下に膝をついて、さっきとは違う若い男が麦茶を運んできてくれる。

「さすがにでかい家だな…」

麦茶を喉に落としてから、能上は両手も畳につき、いささかよそ様の家では行儀の悪い格好で庭を眺めた。

こちらは見て楽しめるように、きれいな配置になっている。

「能上んとこ…、ていうか、お父さんとこも大きいんじゃないの？　洋風？」

「ああ。だがここほどでかくはないな」

「昔から引き継いだ土地だからね。固定資産税が大変なんじゃない？」

知紘の言葉に、能上は小さく笑ってしまう。

何か、ヤクザと税、というのがミスマッチな気がして。

「親父さんも住んでるんだろ？　事務所とかは別なのか？」

何となく、興味本位に尋ねてしまう。

「うーん…、千住組の組事務所っていうのは特別にないかな。ここと兼用。傘下《さんか》の組事務所はいくつもあるけど。都内だと、他にマンションとかもね」

さらりと返されて、ああ…、とうなずく。

そうだろう。名義は別にしても、別宅的なものはいくつもあるはずだ。

そう、きっと愛人宅も。

能上の父にしても、おそらく一人や二人、囲っている女はいるはずだった。自分の母がそうだったように。母が存命の時でさえ、本妻はもちろん、別に愛人はいたようだ。

『銀座の女の子供？　ああ、赤坂の方だったわね』

能上が父の家に引き取られた時、本妻にはそんなふうに言われたことがある。

「組長は他に泊まりも多いのか？」

何気なく尋ねると、知紘は軽く肩をすくめた。

「僕がこっちにいないからわかんないけど」

それはそうだ。

「でも多いとは思うよ。地方へ出張も多いしね」

「出張？」

麦茶に手を伸ばしながらあっさりと言われて、思わず能上は聞き返す。

何となく、ヤクザにはそぐわない言葉だ。

「襲名披露《しゅうめいひろう》とか。葬式とか」

「あぁ…」

思わずうなるような声がもれた。

そっちはヤクザらしい。

「でも、なるべく家に帰ってくるようにはしてると思うけどねー」

にやにやと知紘が意味ありげに笑う。

「そうなのか？」

「今は恋人と住んでるからね」

「……ほぅ」

能上は小さくつぶやいた。

愛人――ではなく、恋人、なのか。同じ意味で知紘が使っているのか。

というか、正妻と愛人を一緒に住まわせているのか？

いろんな疑問が頭をまわるが、まあ、ヤクザの組長らしい気はする。

そんな能上の表情を確かめるみたいに、クスクスと笑いながら知紘が続けた。

「瑞杜の先生だったんだよ。僕の中一の時の担任で」

「そうなのか？」

さすがにちょっと驚く。

もしかすると、知紘の保護者面談に来て手を出したのか？　とも思ったが。

「二人とも瑞杜で同級生だったんだって。その当時から父さんは先生にべた惚れだったみたいでねー。能上は……、ああ、高校から編入なら重ならなかったかな。遙《はるか》先生、四年前に辞めてこっちに来たし」

次々と繰り出される無邪気な攻撃に、能上は黙りこんでしまった。

息子の担任に手を出すのはさすがに剛毅だと思ったが、中高時代の同級生となると、一転、可愛い気がしてくる。しかも、その時代からの思いを持ち続けているとは。

「けど…、おまえの母親はそれでいいのか？」

思わずうかがうように尋ねてしまう。

「あ、僕、生まれた時から母親いないから。うちの組に姐《あね》さんっていないんだよ。……ああ、むしろ遙先生が姐さんだよね、そういう意味じゃ」

あっけらかんと知紘が言った。

「僕、父さんが高一の時の子供なんだよ。中三の時に引っかけた女にできちゃったみたいでね。相手はまだ高校生？　大学生かな？　みたいだったたし。さすがにヤクザの家に入る覚悟はなかっただろうしね」

「……なかなかの環境だな、おまえも」

能上は降参するようにため息をついた。

確かに、ヤクザの息子というだけで普通ではないのだろうが。

自分の生い立ちに拗ねているつもりはなかったが、知紘の話を聞くとそれもバカバカしく感じられる。

「うちのパパ、まだ寝てるからご挨拶はできないけど。きっと遙先生のとこだし、邪魔するとうるさいから。でも、そのうち起きてくるんじゃないかな」

「いや、いい」

にこにこと言われ、能上は手を振った。

……正直、遠慮する。別に好き好んで、ヤクザの組長に会いたいわけではない。

というか。

「パパ、って呼んでるのか？」

「まさか。そんなにカワイイ男じゃないし」

うかがうように尋ねると、喉で笑って知紘が返してきた。

からかわれているようで少しばかりムッとする。

――と、家の奥の方から、何かが割れるような音についで、野太い声がカッ飛んできた。

「バカっ！　何やってんだっ！」

「すっ、すいませんっ」

思わず視線がそちらに流れた能上に、知紘がクスクスと笑う。

「男臭い家でしょ。女っ気が全然なくてねー」

そう言われれば、と、思うが、まあ、当然かもしれない。

「能上もこっちへは昨日、帰ってきたんだよね。今まで何してたの？」

麦茶を飲みながら、のんびりと知紘が尋ねてくる。

「何って…、ま、いろいろ。映画行ったり…、ああ、寄席《よせ》に初めて入ったかな」

「へー。落語？　面白かった？」

「けっこう」

「渋いねぇ…」

知紘が感心したようにうなずく。

「めずらしかったみたいで、前座の落語家にちょっといじられた」

能上は思い出して苦笑した。

『若いお客さんもいらっしゃいますねえ…。あれ？　今日は平日ですよね？　サボりですか？

あっ、聞かないでおきましょう』

みたいな感じだ。

客もまばらで、舞台からでも目についたのだろう。思いの外、ラフな感じで舞台との距離が近く、心地よく楽しめた。

「でも急に休みって言われても、実際、遊ぶとこに困るよね。ほら、僕は中学から瑞杜だから、遊ぶとこもあんまり知らないし、近くに友達がいないから誘い合って遊園地ってわけにもいかないし」

「そうだな」

ため息をつくように言われ、そのあたりは能上も共感できる。

瑞杜の学生は全国から来ているので、学校の友達が実家の近くにいないことの方が多い。遊びに行くとなると、小旅行だ。

本当に何気ない、たわいもない話だった。普通の「友人」の間では、こんな話をするのだろうか？

ふと、そんなことを思う。

知紘にしても、自分にしても、おそらく普通の友人というのが少ない。いない、と言っていいくらいに。

知紘は、瑞杜では目立って人気者と言える生徒だと思うが、……多分、そのつきあいは表面的なものでしかない。いつも仮面をかぶっているような感じだ。まあ、本人にとってはそれが普通で、さして苦労しているようでもないが。

おそらく本当に友人と言えるのは、知紘にとっては生野一人なのだろう。

生野を「友人」というカテゴリーにおいているかどうかは別にして、信用している人間というのは。

「あ、そういや、能上は今、どこに泊まってんの?」

思い出したように尋ねてきた。

やはり、実家に帰った、とは思っていないわけだ。

「昔の知り合いのとこ」

短く答えた能上に、ふーん、となり、ふと壁の時計を見上げて言った。

「今日、ヒマなんだよね?　生野の応援、つきあってよ」

「応援?」

能上は怪訝に首をかしげる。が、思い出した。

「ああ…、練習試合か」

「昼、外で食べてから行こうか」

能上の返事も聞かず、ちょっと楽しげに決めると、着替えてくる、と知紘が立ち上がった。

実際のところ、ヒマを持て余していたので、能上としても拒否する気持ちはない。

知紘が着替えている間、能上はのんびりと待っていたのだが、入れ替わり立ち替わり、組員がやってきて、コーヒーとか茶菓子とかを持ってきてくれる。

組長の息子の「ご学友」がめずらしく、顔を見に来ているのだろうか。少しばかり面はゆい、というか、居心地が悪い、というのか。ある意味、人様の家でこんなに歓待されたことがなかったので、微妙に落ち着かない。

やがて、こざっぱりとしたシャツとカーゴパンツに着替えた知紘が顔を出し、連れだって玄関へ向かった。

と、いきなり、「お疲れ様ですっ!」の野太い大合唱が響き渡ったかと思うと、知紘たちを追い抜かすようにさらに二人ばかりが玄関先に走りこみ、先に並んでいた五、六人の男たちの後ろについて、「さっせっす!」と続け、ガバッと頭を下げた。

思わずビクッ、と肩を揺らし、何だ? と息を詰めた能上だったが、その視線の先できっちりとしたスーツ姿の男が一人、玄関を入ってくるのが見えた。

三十過ぎの、がっしりとした体格の男だ。一見、どこぞのエリートサラリーマンといった風情だが、……まあ、ここにいるということはヤクザなのだろう。いわゆる、インテリヤクザというやつだろうか。

男はいっせいに頭を下げている舎弟たちの間を平然と何でもないように通り抜け、靴を脱ごうとして知紘と——そして能上に気づいたようだ。

じっと数秒、瞬きもせずに顔が確かめられ、ついで全身を一瞬で確認するように鋭く眺められて、さすがにぞくり…、とする。

他の組員たちとは明らかに違う雰囲気だ。

「知紘さん、お出かけですか？」

しかし微笑んでそう声をかけた物腰は穏やかで丁寧だ。

「うん。生野の応援。——あ、学校の友達。能上だよ」

知紘はさすがに気軽な調子で、能上を紹介した。そして振り返って、能上に相手を紹介する。

「狩屋《かりや》…、うちの若頭ね」

——若頭？

「能上さん…、ですか。いつも知紘さんがお世話になっております」

高校生相手に、狩屋が頭を下げてくる。慇懃無礼という感じでもなく、きっちりと丁寧に。

「……どうも」

一瞬、何かが喉に引っかかったような気がしたが、能上はようやく言葉を押し出した。

「じゃ、行ってきまーす」

狩屋が脇へよけ、知紘がスニーカーをつっかけて玄関を出たのに、能上も強面の兄貴たち、プラス幹部の衆人環視の中、息を詰めるように何とか靴を履いて知紘に続いた。

「いってらっしゃいませっ!」

「しゃっせっ!」

知紘の軽やかな声に続いて、耳をつんざくような大合唱に送られる。

――うん。ヤクザの家だ。

思わず、能上は納得した。

頭の中を一瞬、ずらっと並んだメイドたちに見送られて大邸宅を出るお坊ちゃまの図が浮かんだが、それをヤクザバージョンに変換したものだ。

後ろを振り返る勇気がなく――姿が消えるまで男たちが頭を下げていそうで――能上はそのまま入って来た通用門を抜け、ようやくホッと息をついた。

「毎回、アレなのか…?」

「慣れだよ。――ね、それより、お昼、どこで食べる?」

疲れたように尋ねた能上にあっさりと答え、そしてどこかわくわくと楽しそうに、知紘が聞いてきた――。

◇　　◇

生野の練習試合は、都内の私立校の体育館で行われていた。

スポーツ校として名を馳せる学校で、フロアを取り囲むように観客席が作られており、たかだか練習試合だというのに結構なギャラリーがひしめいていた。女子が多いのが、瑞杜と違って華やかな印象だ。

三校合同の練習試合らしく、どうやら優勝候補レベルの学校が集まっているのか、かなりの熱気だった。

「あ、いた」

めざとく一角に集まっていた瑞杜の部員たちを見つけ、知紘が二階部分の観客席をまわって近づいていく。何となくものめずらしくあたりを眺めながら、能上ものんびりとそのあとに続いていた。

考えてみれば、他の高校を訪れたのは初めてだった。能上自身は少しばかり剣道をかじっていたが、まともなクラブ活動をしていなかったので試合には出たことがない。

友人——の応援に来たのも初めてだ。

いや、そういえば、毎回インターハイの県予選などは全校応援になるので、能上も一応、剣道部やら、他の勝ち残っているクラブの応援に振り分けられていたが、たいていサボっていた。

さまざまなクラブの会場が県下のあちこちに散らばっているので、教員たちもすべては把握できず、自主的に好きなクラブ——あるいは個人の応援にまわっている生徒も多い。

「生野っ、がんばって！」

上から声をかけた知紘に、すでに胴着に着替えていた生野が気づいてハッと顔を上げる。

一緒にいた能上の姿にちょっと意外そうだったが、それでも穏やかに微笑んで、はい、とだけ、返してきた。

ふたりの長いつきあいと、信頼関係が見えるようだ。学校では寮長も務めている生野だが、もともと口数は少ないのだろう。

競技は組手で、能上にルールはほとんどわからなかったし、おたがいに交錯する腕や足でどちらの攻撃が決まったのかもわからなかったが、生野はかなり強いようだった。

牽制し合い、間合いを計り、一瞬の隙を突く。一気に詰めて鋭い攻撃に移る。

まわりの観客や仲間たちの声援や掛け声が会場を揺らす。その中での緊迫した空気に呑まれ、わからないままに思わず見入ってしまう。

独特の空気感だ。どこかまぶしいような、ちょっとうらやましい思いがこみ上げていた。

剣道をちゃんとやりたい気持ちもあったが、……なんだろう、きちんとした生活をすることに妙な遠慮があった。

弟よりいい子になってはいけない——、というような。出来損ないの兄でいなければいけないような気がしていた。

だがそれが、結局、弟を増長させたのかもしれない。

床の上で戦う生野の真剣な横顔を、知紘はただじっと見つめていた。

ちょっと不思議な気がした。知紘ならもっとエキサイトして、大きな声を上げて応援しそうな気がしていた。

三校の団体形式での総当たりだったらしく、生野自身は二試合とも勝っていたが、学校としては一勝一敗だったようだ。

すべてが終了したのは四時くらいで、瑞杜の生徒たちは現地解散だった。残りの「休日」は休養日に当てるらしい。

「知紘さん」

体育館の外で待っていると、生野がスポーツバッグを抱えて出てくる。胴着からはもちろん着替えていたが、クラブのウィンドブレーカーは脱いで黒のTシャツ一枚だった。身体が温まっていたのだろう。

まっすぐにこちらに向かってこようとした生野だったが、その前に数人の女子がバタバタッと立ちふさがった。

「瑞杜の生野さんですよね？」

「あの…、がんばってください！　インターハイ、応援してますっ」

あちこちとまばらな制服の女子に、あっという間に取り囲まれる。

「これ…、よかったら、使ってもらえませんかっ？」

一人から両手でずいっとラッピングされたタオルが差し出され、えっ？　あっ？　と生野はとまどっているうちに押しつけられていた。

「へー…、モテモテだな…」

あんな派手な傷跡が顔にあっても、最近の女子はビビらないのか。むしろ、カッコいい、という感じなのかもしれない。生野自身の硬派で生真面目な雰囲気も、その傷を勲章にしているのだろうか。

おもしろく眺めながらつぶやいた能上に、案の定、知紘はムスッとしている。

「もっと余裕にかまえてたらいいんじゃないのか？　自分の彼氏がそれだけカッコいいってこと

だろ」

それに知紘が地団駄踏むみたいにうめいた。

「そうだけどっ」

素直だ。

なるほど、食えない猫かぶりかと思っていたが、こんなところは可愛く見える。

「心配しなくても、生野が他の女に…、ま、男でも、目を向けるとは思えないけどな」

「わかってるよっ、そんなことっ」

何となくなだめるように言ってやったが、知紘はそれにも傲然と噛みついてきた。

たいした自信だが、しかしわかっていても気に食わない、ということらしい。

ようやく生野が女子をかき分けて、こっちにやってくる。

「……ええと、すみません」

あからさまに不機嫌なオーラをまき散らしながらそっぽを向いている知紘の様子に、生野が困ったようにあやまる。

「何、タオルなんかもらってるんだよ？　何これ、あざといのっ」

生野が手にしていたタオルの包みには、リボンに爪の先ほどの透明なボール状のアクセサリがついており、中には何か紙が入っているようだ。

もしかすると、彼女の携帯アドレス、だろうか。

「あ…、はい、あの…、……すみません」

それをぷちっと指先でむしり取った知紘に、やはり生野はあやまっている。

実際、生野にはどうしようもないことで、しかし生野としてもヘタに反論するよりひたすらあやまるしかないとわかっているのだろう。知紘自身、八つ当たりだと自覚してるわけだから。

ふんっ、と鼻を鳴らすようにして歩き出した知紘に続き、生野も、そして能上も学校を出る。

歩きながらもしばらく重苦しい沈黙が続き、しかしまあ、能上としては他人事である。痴話ゲンカを端から眺めているようで、ちょっとおもしろいくらいだ。

どうするのかと思っていたが、生野は少しばかり困った顔ではあったが、特に知紘をなだめることもなく、あせった様子もなく、ただ黙ってあとに従っている。

と、いきなりパタッと知紘が立ち止まったかと思うと、くるっと振り返り、じっとにらむように生野を見上げて口を開いた。

「でも、生野が勝ってよかった」

そんな言葉に、生野がそっと唇で微笑んだ。

「はい」

どうやら知紘も気持ちを切り替えたらしく、にっこり笑って、並んで歩き始める。伸ばした手で生野の手に触れ、いわゆる「恋人つなぎ」でぎゅっと握り合う。

なかなか独占欲は強いようだ。

いかにも当てられているようで、まったくの邪魔者だな…、と苦笑しつつも、二人の間の空気が緩み、横をたらたらと歩いていた能上も少し気が楽になって、何気なく尋ねた。

「初めて見たな、空手の試合。……こう、一人でやらないのか？　演舞？　みたいなの」

「形は習ってはいるけど、気持ちを集中させたい時にやるくらいかな。やっぱり実践的な力が必要だから」

生野がさらりと答えた。

なるほど、生野には「実践」が重要なわけだ。

「ね、これからどうする？　せっかく出てきたんだし、どっか寄ってく？　まだ夕ご飯には早いけど」

そんな知紘の言葉に、あ、と能上は思い出した。

そうだ。暇潰しにこんなところまでつきあったが、そろそろ今日泊まるところを決めなければならない。

やはりホテルか。漫画喫茶などは身分証が求められるのだろうか。

頭の中でそんなことを考えた時だった。

ふっと、通りの向こうの視界の先を見覚えのある男が通り過ぎた。

思わず能上は目をすがめ、あらためて見直してみる。が、やはり間違いないようだ。

三十過ぎの、メガネをかけた痩せぎすで少しばかり神経質そうな男。

「どうしたの？」

いきなり立ち止まった能上に、怪訝そうに振り返って知紘が尋ねてくる。

「……あ、いや。何でもない」

あわてて視線をもどして答えた能上に、知紘がうかがうように顔をのぞきこんできた。

「何でもなくはないんじゃないの？」

曖昧にすませず、さらにつっこんで聞いてくる。

「本当にたいしたことじゃない。知り合いがそこの喫茶店に入ったんだ。こんなところにいるのがめずらしいな、と思っただけで」

肩をすくめ、仕方なく能上は説明した。実際、それだけのことなのだ。だからどうした、ということもない。

ただちょっと…、様子がおかしいように見えた。喫茶店に入る前に、きょろきょろとあたりの様子をうかがうようにして。

「知り合いって？」

いかにも好奇心旺盛に知紘が追及する。

「草下《くさか》さん…、親父の秘書だ」

ため息をつき、少しばかりぶっきらぼうに能上は答えた。

家にも出入りしており、何度も顔を合わせた男だ。おそらく、母へ「お手当」や何かの処理、今の能上の生活のあれこれの手配なども、この男がしているのかもしれない。政策秘書ではなく、父の身の回りの雑務を担当しているようだった。

「へー、お父さんの秘書」

それに知紘がちょっと目を見開いた。

「こんなところで何してるんだろうね？」

そして小さく首をかしげる。

そう、それがちょっと不思議だった。父の秘書なので、基本的には父の近くにいるものなのだろうが、ここは事務所とも議員会館や何かとも、まったく方向が違う。とはいえ、いろんな仕事があるのだろうから、いて悪いわけでもない。あるいは、まったくプライベートな用事なのかもしれないし。

何にせよ、さほど興味があるわけでなく、さぁな…、と肩をすくめて答えた能上に、知紘がいきなりわくわくと突拍子もない声を上げた。

「ちょっと入ってみようよ。ちょうどお茶したかったしねっ」

ハァ？　と能上は口を開けてしまった。反射的に生野を見ると、やっぱり…、と言いたげに短くため息をついている。

何か反論してくれるかと思ったが、仕方ないな…、という顔で、ほらほらっ、と引っ張られるままにその喫茶店へ向かっていく。

「おい…、本気かよ？」

驚いたのとあきれたので、能上は思わず聞き返したが、本当に知紘は喫茶店のドアを開けていた。仕方なく、能上もあとに続く。

カフェというよりは、本格的なコーヒーを出すような、少しレトロな落ち着いた雰囲気の店だ。店内は間接照明で薄暗い。

ざっと見回すと客はまばらで、カウンターの近くにいたウェイトレスが、「お好きな席にどうぞ」と声をかけてくる。

奥の方に一人で腰を下ろしていた草下の姿はすぐにわかったが、向こうがドアの音にびくっと顔を上げたので、能上は無意識に顔を背けるようにする。

知紘の、いかにも学生の顔が目に入ったらしく、草下はすぐにホッと息をついて下を向いた。誰かと待ち合わせだろうか。だがとても楽しい相手ではなさそうだ。いつも以上に神経質な、緊張した様子が見える。

「どれ?」

こっそりと知紘に聞かれ、奥のソファ席のメガネの男、と低く返す。

すると、知紘は何気ない様子でそちらに近づき、太い柱と低いレンガの仕切りを挟んだその手前の席へ無造作に腰を下ろした。

ちょうどウェイトレスが草下にコーヒーを運んで来て、三人のところにも水を配る。

「あっ、僕、コーヒーゼリーパフェねっ」

いかにも弾んだ声で無邪気に注文する知紘に、草下もまさかそんな子供が自分の様子をうかがっているとは思わないだろう。

能上と生野は店のオリジナルブレンドを注文する。

「すごかったよねえ、今日の試合。さすが生野だよー」

にこにこと少し大きくそんな声を出しているのは、草下に警戒させないためなのだろう。

まもなく注文のコーヒーとパフェが運ばれてきて、そしてちょうどその時、男が一人、店内へ入ってきて、きょろきょろと中を見回し、こちらへ近づいてくる。

「やぁ、どうも、お待たせしました、草下さん」

愛想よく挨拶して、向かいのソファに腰を下ろす。

五十前といったところか。短髪で、がっしりと体格のいい男だ。一見、普通のサラリーマンのようだが、どこか崩れた感じも見える。

と、その男が能上たちのテーブルを通り過ぎる一瞬、ウェイトレス越しに男をちらっと確認した知紘の表情が、ふっと厳しくなった——気がした。

無邪気な天使の顔が、冷酷で狡猾な小悪魔に切り替わる一瞬だ。

しかしすぐに、その仮面は元にもどる。

思わず目を見張った能上は、ちらっと横に生野に視線を向けると、やはりこちらも、少しばかり緊張した表情を見せていた。

——何だ…？

と、能上は怪訝に首をひねる。

「西田《にしだ》さん、わざわざご足労いただきまして申し訳ありません」

あわてて立ち上がった草下が、いくぶんうわずった声で挨拶をしている。

「いやいや、こちらこそご足労をおかけして。——あ、コーヒー」

そしてすわり直した——その西田という男が、そちらに対応したウェイトレスに無造作に注文した。

「そ、それで…？」

「ええ、大丈夫です。問題ありませんよ」

うかがうように尋ねた草下に、西田が安心させるように大きくうなずいてる。

「よかったです…」

草下が大きく息をついて額の汗を拭った。

話はまるで見えなかったが、何となく胡散臭い雰囲気ではある。

「では、こちらがお約束のものですよ」

西田が手にしていた小ぶりな黒いボストンバッグをテーブルにのせ、草下がどうも、とそれを受け取っている。

「どうぞ、ご確認ください」

愛想よく言った西田の言葉に促され、草下がファスナーを開いて中を見たようだ。

「え、ええ…、間違いなく。ありがとうございました」

そしてかすれた声で返す言葉がこえてくる。

そこへ注文のコーヒーが運ばれてきて、それに手を伸ばしながら西田が大きく笑った。

「いや、これで私も肩の荷が下りましたよ。あとは草下さんにお任せします」

「ええ…、確かに」

それに草下がいくぶん引きつった顔で答えている。

「どうか、必ず先生にお渡しください」

西田がいくぶん強く言った言葉に、能上は思わず目を見張った。

先生、というのは、もちろん能上の父、雪村のことだろう。

「はい。先生もとてもお喜びになると思います」

「うちの社長も、先生にお役立ていただければ本望だと申してましたよ。なにしろ、これからの日本を背負っていただく方ですからな」

そんな言葉に、能上は思わず鼻を鳴らす。

どうやら、受け渡されたのは――金、なのだろう。現金だ。政治献金、というより、露骨なヤミ献金。相手はどこの企業だろうか。

――まったく、ろくでもねぇな…。

思わず内心で苦々しくうめいた。

「では、必ず先生に。よろしくお伝えくださいよ」

念を押すように言ってから、西田という男がコーヒーは半分も残したまま、せかせかと席を立つ。

それを見送った草下は、いったん席に着き、気持ちを落ち着かせるようにコーヒーを口元に運んでいた。渡されたボストンバッグはしっかりと膝の上に抱えている。

「……あれ、現金だよね？　センセイの懐に入るの？　うわぁ…、悪徳政治家なんだね、お父さん」

テーブルの上にわずかに身を乗り出してきた知紘が、にやっと楽しげに小声で言った。

「知紘さん」

さすがに気を遣うように生野がいさめたが、能上としては気にもならなかったし、実際、さして驚きもしなかった。

「ま、うちも悪徳組長だしね」

それに知紘がくすぐったそうに笑って肩をすくめる。

……というか、そもそも暴力団の組長は「悪徳」なはずだから、わざわざつけることではない。

「やっぱり政治家って、そんなにお金が必要なんだ？」

尋ねてきた知紘に、能上はさらりと言った。

「そういえば、親父は今、次の内閣入りを目指して、なりふり構わず必死になっているみたいだからな。ちょうどボーダーラインにいるみたいで…、やっぱり入閣したがってる政敵とつばぜり合いになっているみたいだし」

「ふーん…、つまり『実弾』がたくさん必要になった、ということかな」

知紘が納得したようにつぶやく。

「実弾、な…」

何というか、こう話してみると、政治家とヤクザの類似点に笑ってしまうくらいだ。

「ただねぇ…、お父さん、ちょっと危ない橋を渡りすぎなんじゃない？」

「え？」

意味ありげに光る目で見上げられ、能上はちょっと意味を取り損ねる。

それには答えず、知紘はちらっと横の生野に向き直った。

「生野、あの男に気づいた？」

それだけを尋ねた知紘に、生野が静かにうなずく。

「西田ですよね。あの人、確か…、峰岸《みねぎし》の組長のところにいた男じゃないですか？　舎弟頭、だったかと思いますが」

その筋の二人からの指摘に、えっ？　とさすがに能上は目を見張る。

「ヤクザ……なのか？」

二人がそろってうなずく。

今の自分の状況を考えれば、ヤクザと交友がある父のことをどうこうは言えないが、しかし表沙汰になれば間違いなく父の政治生命はない。そんなところからの金を受け取っていてはなおさらだ。

父が失脚しようがどうしようが、能上の知ったことではないが、……まあ、まったく気にならないと言えばウソになる。

「そこまで切羽詰まってるでしょうか…?」

生野もちょっと難しい顔で首をひねる。

と、席にすわっていた草下が携帯を取り出し、どこかへ電話を入れた。

片手でふさいでの小声だったのでよく聞き取れなかったが、最後の「じゃ、今から行くから。そこで」という言葉だけが耳に届く。

今から行く、はいいが、仮にも「先生」への報告にしてはぞんざいな口調だった。あるいは秘書仲間へだろうか。

しかしそれにしては、ずいぶんと緊張した様子にも見える。いかにも表情は厳しく、額に汗をにじませているくらいだ。

そして意を決したように草下が席を立ち、能上は反射的に顔を伏せて隠した。

草下の方は何か思い詰めた様子で、こちらのテーブルに注意を向けることもせず、足早にレジに向かう。

「もうちょっと追いかけてみようよ」

いかにも楽しげに声を弾ませた知紘に、能上は投げ出すように返した。

「親父のところに持ってくだけだろ」

「まだ何かあるかもしれないじゃん」

……むしろ、何かあったらどうするというんだ？

という気がしたが、知紘の好奇心を止められそうな気がしない。

ちらっと生野を確認すると、こちらは慣れたものなのか、レシートを確認してテキパキとポケットから財布を出していた。あわてて能上も出そうとしたが、あとで精算する、と止められる。

草下が金を払って店を出るのと同時に立ち上がり、生野が会計をしている間に、知紘と能上とは外へ出て、草下の後ろ姿を確認した。

しっかりと片手にバッグを抱えた草下は、車を使うのかと思ったら、どうやら電車に乗るようだ。

追いかけてきた生野と一緒に、少し距離を置いて草下のあとをつける。

駅の方向へ歩きながら、知紘がふいにどこかへ電話を始めた。

「——あ、狩屋？　ちょっと聞きたいことがあるんだけど」

どうやら相手は今朝能上も会った狩屋——千住組の若頭のようだ。

「そう、西田。知ってるよね？　峰岸の組長のとこの。……うん、そうそう、そのオヤジ。あいつ…、っていうか、峰岸ってどっかの政治家とつながってんの？」

何気ない様子でそんなことを尋ねた知紘に、一瞬、ぎょっとする。

思わず知紘の横顔を見つめた能上に、何でもない、と言うみたいに、知紘がひらひらと手を振った。

「うん、ちょっと調べてみてくれない？　大至急。……そう。よろしく。――えっ、生野に？」

それだけ頼んで、電話を切ろうとした知紘だったが、どうやら生野に代われと言われたらしい。

少しばかり口を尖らせて、生野に携帯をまわす。

「代わりました。……はい、わかってます。……ええ、無茶はさせませんから」

ちらちらとちょっとばかり仏頂面の知紘の方をうかがいながら、生野が低く返している。

その間に、能上はうなるように聞いた。

「おまえ…、何する気だよ？」

「きっちり確認しときたいだけだよ。この世界、単純じゃないからね」

知紘がすました顔で答える。

この世界、というのが、どの世界なのか。政界か、極道の世界か。まあ、両方とも複雑ではあるのだろうが。

途中、通り抜けた公園でやっていたフリーマーケットで、通りすがりに知紘は素早く帽子を買い、能上のパーカーを借りて羽織った。サイズが大きめでぶかぶかだったが、変装のつもりなのか。確かにさっきの喫茶店で、知紘の姿は少しばかり目についたかもしれない。

公園を出たところで、草下のあとに続いて地下鉄の駅を降り、向かったホームに能上はちょっと眉を寄せた。

「おかしいな…」

思わず小さなつぶやきがもれる。

「なに?」

「親父のとこへ行くにしては路線が違う」

家にしても、事務所にしても、議員会館にしても。

「親父の出先へ直接運ぶのか…?」

「入閣への下準備なら、あちこちへばらまき用だろうからね。誰かと密談してるところに持ってくんじゃないの?」

そんな解説に、なるほど、と思う。よほど知紘の方が、そのへんの状況を読んでいるようで、ちょっと笑ってしまう。

やはり頭のいい男なんだな、と感心した。成績ということではなく、世渡り、というか、駆け引き、だろうか。人の行動や裏を察するのがうまい。

状況を把握し、事実を集め、先を読む。

どんな世界ででも成功しそうだ。

……知紘は、ヤクザの、父のあとを継ぐつもりなのだろうか？

ふっと、今さらにそんな疑問が頭をかすめる。

そのことに、疑問はないのか。

能上などは、はじめから期待されてもいなかったが。

電車に乗りこんだ草下に見つからないように、同じ車両の、しかし別のドアから乗りこんで距離をとる。顔の知られている能上が見つからないように、生野がさりげなく前に立ってくれる。

しかし混雑しているほどではないがそこそこの乗客はおり、何より草下自身、何か思い詰めた様子でまわりを気にする余裕はないようだ。

と、シートにすわっていた草下は、はっと顔を上げて、次に電車がすべりこんだホームに降りた。能上たちもあとに続く。

すると、草下が入っていったのは駅に近いビジネスホテルだった。

思わず三人で顔を見合わせる。

どういうことなのか、ちょっとわからなかった。こんなところに父がいるはずもない。

のぞいてみると、草下はフロントを通さず、そのままエレベーターへ向かっていた。ボタンを押し、そわそわと降りてくるのを待っている。

ということは、中で誰かがすでに部屋をとって待っている、ということだ。おそらくは、さっきの電話の相手。その相手と落ち合うために来た。

するると、いきなり知紘が飛び出して、携帯をのぞき込むようにうつむいたまま、何気ない様子で草下の後ろに立った。

あっ、と生野が短く声を上げたが、振り返った知紘が、にっこり笑ってそのまま待て、と片手で合図してくる。

エレベーターが開き、草下はちらっと知紘を横目にしたが、気にせずに乗りこんだ。知紘もあとから乗り、草下に続いておそらく適当に、ボタンを押していた。

「行こう」

扉が閉じると同時に、いくぶん厳しい顔の生野に腕をつかまれ、堂々とした様子でロビーを横切る。上昇していくエレベーターの階数表示をにらみながら、横に並んでいたもう一台のエレベーターを呼んだ。

知紘たちが乗ったエレベーターは七階で止まり、それを確認して、ちょうど降りてきたもう一台に素早く乗りこむ。

七階で扉が開いて、慎重に足を踏み出すと、知紘が一番奥の一室の前で立っていた。

「あ、来た」

能上たちに気づいて、手を振ってくる。

「知紘さん…」

ホッとしたように、生野が息をついた。

「今、電話しようと思ってたとこ」

合流すると、小声で言った。そして、黙って中を指さす。

どうやら草下は、この部屋に入ったようだ。見ると、ドアには薄く隙間が空いている。何か小さなものが、間に挟まっていたのだ。……というか、知紘が挟んだのだろう。

エレベーターを降りた草下のあとをこっそりと追いかけて、ドアが閉まりきる前に素早く放りこんだのか。オートロックの認識があれば、後ろを見ずにそのまま入ってしまう人間も多い。

よく見ると、それはさっき生野が女の子からもらった携帯アドレス入りのアクセサリーだ。

能上は思わず吐息で笑ってしまった。

知紘がそっとドアに耳を寄せる。

――と、いきなりだった。

「ふざけんなよっ、この野郎ッ！」

ものすごい怒声が響いたかと思うと、バシッ、ドスッと何かを殴るような音。イスか何かがぶつかる音、テーブルが倒れる激しい音が相次いで響いた。さらには女の泣き叫ぶ声。

「やめてっ！　もうやめてっ、あなたっ！　お願いよっ」

「ふざけんなよ、てめぇっ！　俺をコケにしやがってっ！」

逆上したような男の声が、さらに響いてくる。

草下の声ではない。別の男だ。……ということは、殴られているのが草下だということだ。

もしかすると、この男に脅されて、草下はあの金を持ってきたのだろうか？

いずれにしても思わぬ展開に、思わず三人で顔を合わせてしまった。正直、いったい何が起こっているのかわからない。

知紘にしても予想外だったのか、目をぱちぱちさせていたが、それでもどことなく楽しげだ。

翻訳すれば、「ますますおもしろくなってきた」という感じだろうか。

……この男とつきあうのは、相当苦労するな、と能上はちらっと生野を眺めてしまう。

まったく、どんな突発的なことが起こるかわからない。いや、どんな突発的なことに、好んで首をつっこむのか、だ。守り役としては、それへの対処が求められる。

なにしろ生野の役目は、第一に知紘の命なのだろうから。実践的な武道が求められるわけだ。

「ちょっとヤバいんじゃない？　クサカさん。ていうか、誰だかわかんないけど、女の人も」

知紘がちょっと額に皺を寄せる。そしてにやりと笑って、順に指を立てた。

「さて、ここで僕たちのとる行動はどれが正解でしょう？　ほっとくか、乗りこむか、通報するることになる。……いや、能上としては別にかまわなかったが。

確かに、得体の知れない金を持っている状態だ。うっかり警察沙汰になると、雪村も追及され

ちらっと能上を見て、生野が意見を出す。

「通報はまずいんじゃないですか？　……その、草下さん的にも」

か。――その三択だね」

「ほっとくのも寝覚めが悪いよね」

知紘が喉で笑う。生野が短くため息をついた。

「俺が先に。――すみません。これ、お願いします」

片手で知紘を下がらせ、生野は片方の肩に引っかけていたナイロンのスポーツバッグを知紘に預けると、そっと扉を押し開いた。

「二人して俺をバカにしやがって…っ！　ええっ、草下っ！　おまえ、何様のつもりだよっ!?」

すると中の声がさらにはっきりと大きく、たたきつけるように耳に飛びこんでくる。

一方的な男の罵る声と、明らかに殴る蹴るの暴行を加えているような鈍い音。低いうめき声と、女の悲鳴。

「やめてっ！　草下さん、死んでしまうわっ！　――きゃぁぁっ！」

「死ねばいいんだよっ、こんなクズっ！」

角部屋で広めのツインらしく、入り口からは中が見通せない。左側にバスルームがあり、突き当たりを折れた右手にベッドがあるようだ。

生野が壁沿いにそっと進んでいる。知紘が楽しげにそのあとに続き、能上もさすがに緊張しつつ、足を進めていた。

実際のところ、三人の中で一番の当事者は自分なのだ。

生野が壁からわずかに身を乗り出し、中を確認する。そして振り返って、知紘にうなずいた。

次の瞬間、一気に壁の向こうへ飛び出し、どうやら暴行している男の背中をつかんだらしい。

「なっ…？　なんだ、きさま…っ！　——つっ…、ぐぁ…っ！」

能上が急いであとを追った時、スーツ姿の男が鳩尾《みぞおち》に鋭い拳を食らっているところだった。そのまま、ずるり…、と倒れこむ。どうやら意識を失ったらしい。

激しい暴行で髪も服もぐしゃぐしゃになった男女が、状況もわかないようにただ放心状態でそれを見つめている。それでもうつろに顔を上げた草下が、大きく目を見開いた。

「え…？　と、智哉……さん……？　どうして…？」

「どうしてはこっちのセリフだ」

それに能上はため息をつく。そして床へ転がっていた男の顔をあらためて眺め、ようやく気づいた。

「川添《かわぞえ》…？」

正直、驚いた。

「誰？　知り合い？」

ひょこっと顔を出した知紘が尋ねてくる。

「親父の秘書だよ」

思わず、ため息交じりにつぶやいた。

「つまり、草下さんの同僚？　何でこんなことになってんの？」

それは能上自身、疑問だった。

そのままの視線を草下に返すと、しばらくためらうように落ち着かなく頭を振る。

「その女の人は誰なの？」

知紘の問いにビクッと彼女が身体を震わせ、寄り添うみたいに横にいた草下を見つめる。あきらめたように草下が口を開いた。

「この人は…、川添の奥さんだよ」

「えっ、不倫っ？」

草下の告白に、遠慮なく知紘が声を上げる。

「川添さんのＤＶがひどくて…、相談に乗ってるうちに……ね。でもその関係がバレて、ますます暴力がひどくなって…、もう二人で逃げるしかないと思った。それで今日、ここで落ち合ってそのまま逃げるつもりだったんだが、どうやら川添にその計画を知られてたらしくてね…」

それで先回りされていた、ということのようだ。

「えっ、じゃあ、あの金、持ち逃げするつもりだったの？」

鋭く察した知紘の声に、あ、と思い出す。

危うく忘れそうになっていたが、例の黒いボストンバッグは無造作にベッドの横に投げ出されたままだった。川添の方はおそらく、その金のことは知らなかったのだろう。

「ど、どうしてそれを…？」

さすがに動揺したように、草下が声をうわずらせる。ぎゅっと唇を噛み、みるみる頬を紅潮させて、いきなりわめき出した。

「い、いいだろうっ、退職金代わりにそのくらいもらっても！　どうせ問題が発覚したらすべて俺のせいにされるんだしな…！　雪村だって…、そもそも大臣になれるような器じゃないんだっ！」

「……ま、そうだな」

その激しい糾弾に、能上は受け流すように答えた。実際、そう思う。そしてあっさりと言った。

「いいんじゃないのか？　そのまま持って逃げれば」

「え…、い…いいんですか…？」

瞬間、拍子抜けしたように――何か憑き物が落ちたように、草下が惚けた顔を見せた。

「いいんじゃないの？　どうせ盗まれたって表沙汰にできないお金なんだし」

知紘がそれに加勢する。

「あっ、ＤＶの証拠写真、撮っといた方がいいかな。コイツが目が覚めた時、騒ぎ出さないように。……そうだ。奥さん、あとで離婚届にハンコついて、能上に送っといたらいいよ。出させてくれると思うから」

そして勝手に決めて、にこっと笑って能上を眺めた知紘に、能上は肩をすくめる。

じゃあ、と生野が携帯でＤＶの証拠写真――二人の殴られた状態と、暴れ回った部屋の惨状だ――を撮っている間、知紘が思い出したように例の黒いバッグをベッドに上げる。そして勝手に開いて中を確認した。

「――わっ、すごい。これ、ざっと……三千万くらい？　太っ腹だなー。どこの企業なの？」

草下の反応を探るためか、無邪気な様子で知紘が声を上げて尋ねる。

「あ…、ええと、オフィス・シグネットというＩＴ企業で…、何でも事務ソフト開発をしているとかで。雪村先生が入閣した時には、それを官公庁で採用して欲しいということでしたが」

草下が素直に答える。どうやら彼は、相手がヤクザということには気づいていないらしい。

……つまり、ヤクザがその会社をやっているということだろうか？　まあ、昨今のヤクザは奥に潜み、表向きはまともな会社として経営しているところも多いようだし、さなざまな業種に進出しているのだろう。

「でもそういうのって、既存の利権ががっちりしてそうだけどね…」

知紘が何か考えるように小さくつぶやく。

「どこに運ぶつもりだったんだ？　ていうか、親父は家にいるのか？」

腕を組み、首をかしげて能上が確認する。

「いえ…、先生は今、料亭の方でこの金をお待ちなんですよ。キャスティングボートを握る党の実力者の先生方をお呼びしていて…、そこで勝負をかけるおつもりなんです」

「ハッ…、じゃあ、この金が行かなきゃ、大恥をかくってことか？」

「まぁ、そうですね。おいそがしい方々を無理にお呼びするだけお呼びして、中身がないとなると」

皮肉な調子で笑った能上に、草下がどこか申し訳なさそうにうなずく。

ボスである雪村にいろいろと含むところはあるようだが、一応、秘書としての感覚も残っているらしい。同僚の、というか、先輩秘書の妻を寝取ったのも流れなのだろうし、本来は気の弱い男なのだろうか。まあ、そういう男が切れると、いきなり大それたことをやらかすわけだ。

「……おっと、これ。生野、何だと思う？」

と、札束をかき分けていた知紘が、ふいに声を上げて生野を呼んだ。

携帯をポケットにしまった生野がそちらに近づき、知紘が摘まみ上げた小さな黒い機械のようなものを眺める。

「発信器、……みたいですね」

目をすがめて生野がつぶやいた。

「だよね」

知紘もうなずく。

「発信器？」

思わず、能上も繰り返した。

なんでそんなもの…？　と思う。入れたとしたら、金を渡した男、西田ということになるのだろうが、そんなものを入れる意味がわからない。

そういえば、必ず先生にお渡しください、といやに念を押していたような気がするが、まさか草下が持ち逃げすることを予測していたわけでもないだろう。あるいは大金だから、持ち逃げでないにしても用心したということなのか。

「ど…どういう…？」

とまどったようにつぶやいた草下に、知紘はあっさりと言った。

「発信器つけてるってことは、誰かが追いかけてきてるってことじゃないの？」

えっ？　と草下が顔色を変えて絶句する。

「どうしても金を雪村センセイに届けさせたいみたいだね。もしくは、いったん渡した事実を作って、あとで回収するつもりなのかな？　……まぁ、どっちにせよ、金より何より、あんたらは命が惜しかったらさっさと逃げた方がいいよ。できれば海外にね。でないと、恐いお兄さん方に追いかけられることになるから」

にやり、と知紘が赤い唇で笑う。

言葉の物騒さとは裏腹に、今まで一番楽しげに目が瞬いている。ここまで関わったら、それこそ命が危ないのは草下だけではないはずだが。

知紘にとっては、やっかいごとというより、むしろちょっとしたイベントのような感覚なのかもしれない。大人のヤクザ、そしてヤクザ並の政治家を相手に。それを存分に楽しんでいる。

知らず、背筋がゾクリとした。無意識に生野の顔を盗み見るようにしたが、相変わらず表情は変わらない。これが、彼らには日常、なのか。

と、どこからか小さく軽やかな音が聞こえ、あ、と知紘がポケットに手をやった。携帯にメールが入ったようだ。

「どうかしたんですか？」

ちょっと考えこむようにした知紘に、生野が尋ねる。

「……うん。今、狩屋からメールでね。西田の…、ていうか、峰岸の組長と昵懇《じっこん》なのは雪村じゃなくて、小久保《こくぼ》って政治家なんだって」

「小久保？」

それを聞きとがめて、能上はわずかに眉を寄せた。

「親父の政敵だよ。今ちょうど、入閣を争ってる相手だ」

「ああ…」

能上の言葉に知紘がハッとしたようにつぶやく。

「なるほどね」

何か納得したように大きくうなずいて、そしてにっこりと笑った。

「ともあれ、急いだ方がいいんじゃない？」


エレベーターが一階のロビーへ到着する。

扉が開き、あたりの様子をうかがって、まずは草下と川添の奥さんが外へ出る。そして、能上が足を踏み出した時だった。

ホテルの正面玄関から、スーツ姿の男が二、三人、バラバラと入ってくる。中の一人には見覚えがあった。喫茶店で草下と会っていた、西田とかいう——ヤクザだ。

ちょうど正面から出てきた草下たちにちょっと驚いたように、西田が足を止める。

「ちょっと、草下さん。どうしてこんなところにあなたがいらっしゃるんですか？　あなた、寄り道が多すぎやしませんかね？　例の荷物はどうされたんです？　今頃はもう、先生の手に渡っているくらいいかと思ったんですが」

丁寧な口調だったが、すでに表向きの会社員という雰囲気はかなぐり捨て、いらだたしげに、明らかに脅しをにじませていた。

「あっ…、いや、それは……」

その迫力に怯え、草下はまともに答えることもできずに、無意識にあとずさる。

「草下さん、急用ができたんで、この荷物っていうの、俺が運ぶことになったんだけど。何か問題ある？」

その後ろから、能上が片手で無造作に例のボストンバッグを持ち上げてみせ、できるだけラフな口調で言った。

うん？　とようやく能上の存在に気づいたように、西田が胡散臭そうに眺める。

「そんな…、草下さん、それはまずいんじゃないですかね？　大事な荷物をこんな若造に預けるなんてのは…」

いかにも苦々しい顔でうめき、舌打ちする。

「だって、親父に届けるんだろ？　俺もちょっと小遣いが足りなくなったとこだったし。お使いしたら、気前よく弾んでくれそうだしな」

能上のそんな言葉に、西田が目を見開いた。

「親父…？　というと、雪村先生の…？」

「え、ええ…、息子さんですよ。智哉さんです」

ようやく気を取り直したように、引きつった笑みを浮かべながら何とか草下が言葉を押し出す。

「いやしかし、息子さんは確か、……翔くんとかいうんじゃなかったですかね？」

「俺は外腹だからな」

疑うようにじろじろと能上を眺め、顎を撫でた西田に皮肉に笑って返すと、ああ…、と気が抜けたように西田がうめいた。

「なるほど、ねえ…。そういえば、聞いたような気もするが…」

口の中でつぶやくと、ちょっと咳払いをした。そして愛想のいい笑みを、胡散臭い顔に貼りつける。

「いや…、そりゃ、失礼しました。何、もうそろそろ先生のお手元に届いた頃かな、と思っていたところに、草下さんの姿を見かけたものですからね…。何かトラブルでもあったのかと」

「赤坂《あかさか》の料亭にいる親父のとこに届ければいいんだろ？　俺もうまいもん、食えるといいんだけどね」

とぼけてそんなふうに言った能上に、西田がハハハ…、と肩を揺らす。

「ええ、きっと喜んでごちそうしてくれるはずですよ。なにしろ先生はその荷物をお待ちのはずですから。——では、よろしくお願いしますよ。……ええと、智哉さん」

肩を怒らせて入ってきた時とは打って変わって、落ち着いて帰っていく。とはいえ、内心ではいらだっているはずだが。

「やっぱり来たね…」

彼らが行ってから、隠れていた知紘たちが顔を出した。

向こうが知紘や生野の顔を知っているかどうかはわからなかったが、まあ、ヘタに姿を見せない方が無難だ。

「いいんでしょうか…、私たち……？」

不安そうに西田の方と能上とを見比べた草下に、知紘があっさりと言った。

「あんたたちは早く消えた方がいいよ。死にたくなきゃね」

その言葉にビクッと背筋を伸ばすようにして、能上に頭を下げ、草下たちが慌ただしくホテルの前からタクシーに乗る。

とりあえず今のところ、西田たちが彼らを追うことはないだろう。バッグは能上が持っているのだ。……もっとも、先々はわからないが。

「じゃ、行こっか。その料亭っ」

いかにもわくわくと、遊園地に行くみたいに気勢を上げた知紘に、生野が何か言いたげに口を開いたが、結局は何も言わないまま、小さくため息をつく。

——まったく、苦労が多そうだった。

◇　　　◇

時刻はすでに、夜の八時に近かった。

「秘書の草下から言付かってきました。雪村先生がお待ちだと思いますが」

草下に聞いてた料亭はさすがに不良高校生たちが訪れるにはあまりに場違いだったが、それでも、出てきた仲居にそう告げると、お待ちしておりました、と丁重に中へ通された。

来たら通してくれ、と言いつけられていたのだろう。

知紘たちも付き添い、というのか、連れのふりをして平然とついてくる。やはりそのへんは肝が据わっていた。こんな場所でも、妙に場慣れしているのがさすがだ。

仲居の方もおかしいとは思ったはずだが、……まあ、こんな店の客は一筋縄ではいかない連中ばかりだ。どんなにおかしかろうと、客のことは詮索しない。

こちらでございます、と先に立っていた仲居が奥まった一室の前で止まり、廊下で丁寧に膝をついた。

中からは数人が談笑するような声がもれ聞こえている。

さすがに能上も、少しばかり緊張した。

この中にいるのは、与党の重鎮たち――要するに、日本を陰から動かしている魑魅魍魎《ちみもうりょう》の古狸なのだ。

――そんな連中の前で、やれるのか……？

そんな不安が、いつになくこみ上げてくる。

しかしここまで来たら、引き返すこともできない。知紘たちの前で、逃げ出すような真似もしたくない。

ぎゅっと、手にしていたバッグの持ち手を握りしめる。

「失礼いたします。お連れ様がお見えでございます」

そう声を掛け、仲居が薄く障子を開く。

「ああ、やっと来たか。遅かったな…！」

ホッ…と、急くような父の声が隙間から溢れ出してくる。

仲居が大きく障子を開いて、能上は息を詰めるようにしてゆっくりと中へ足を踏み入れる。

「大変お待たせをしました、先生。……いや、実は本日はこちらを見ていただきたく、ご無礼とは存じましたが、お呼び立てしたわけでして」

末席にいた父は、いつも家で見せるような尊大さは影もなく、向き合った男たちに滑稽なほどへりくだっていた。

父の前で広いテーブルを三方に囲んでいたのは、いかにもな貫禄を見せる年配の男たちだ。

もちろん、政治家だろう。顔は見たことがある気がした。いずれもかつて大臣職を歴任した有力者ばかりだ。

「ほう…、何かな？」

ヒゲのある中の一人が興味深そうに首を傾ける。確か、久賀《くが》…なんとかという大物だ。

本当に知らないのか、単に知らないふりをしているのか。さすがにそのへんを読み取らせない、曖昧な笑みだ。

「いえ、本日貴重な勉強をさせていただいたお礼代わりといいますか、手土産代わりでして。めずらしいものではありませんが、お受け取りいただければ幸甚です」

正座していた父が頭を下げ、ようやく振り返った。

「待っていたぞ、草下……——えっ？」

満面の笑みで声をかけてきた父が、目の前に立っていた息子の顔に、一瞬、表情が固まる。

「なっ…、とっ、智哉!?　なんでおまえがこんなところに…!?」

そして驚愕に表情が引きつった。

「草下さんにコレを頼まれたんでね」

お偉方の前だったたが、能上は愛想もなく言うと、手にしていたバッグを突き出してみせる。

「お…おまえ…、中を……？」

冷や汗をにじませるようにうめいた父に、能上は肩をすくめただけで返した。

「も、もういいっ！　それを置いて、おまえは早く帰れっ」

そして顔を真っ赤にして、叱りつけるようにわめいた。

「息子さんかね？」

それに、秋澤《あきさわ》、とかいう名前だっただろうか、先生方の一人が盃を持ち上げながら、どこか楽しげに声をかけてくる。

こちらもよく見る顔だった。現在、総務会長を務めている男ではなかっただろうか。

「いいじゃないか。未成年なら飲んでいけとは誘えないが、たまにはこうして父親の背中を見せてやるのも。……なあ、雪村先生」

もう一人の男——顔に覚えはあるが、名前は出てこない——が、鷹揚に口にした。

「いえ、その…、まぁ…」

父が引きつった笑みを浮かべて口の中で曖昧に答えながら、目を怒りに燃やして能上をにらみつけた。

あの尊大な父が手玉に取られている感じだ。

「背中を見せられる息子がいるのはうらやましい限りだよ。秋澤先生の息子さんも立派にやっておられるし、子供の成長を実感できるというのはまた格別な思いだろうね」

「久賀先生は独身貴族を謳歌してるんじゃないか。週刊誌にうるさく嗅ぎまわられずに遊べるのは、こちらこそうらやましいがな」

「遊んでいるのが前提なのかね?」

久賀がわずかに眉を上げてみせ、他の二人がおもしろそうに笑い声を上げる。

盃を空けながら、オヤジたちはまったりと楽しげな会話を繰り広げていた。この中で見ると父などは、それこそふだん父が顎で使っている秘書程度の立場でしかない。

父が絶対無二の存在だと思ったことはないが、やはり大局的なところから見れば小者なのだと実感する。

「く…草下はどうした…？」

押し殺した声で、父が尋ねてくる。

実際、父にしても状況が把握できないのだろう。何か突発的なことがあって金を預けるにしても、なぜ能上なのか、と。

「急用みたいでね」

肩をすくめて能上が受け流した時だった。

ちょっと失礼します、と廊下から声がかかった。仲居ではなく、男の声だ。

「あ、あの…、お客様…っ？」

まだ控えていた仲居があわてて止めようとしたが、かまわず男はずいっと膝を座敷の中へ進めてきた。

スーツ姿で、父と同年配——五十前後といったところだろうか。

見覚えのある顔だ。

「き…君…！　小久保先生！　失礼じゃないかッ、人の席にいきなり許しもなく…！」

政敵の姿に、真っ赤になった父が度を失ったように見苦しくわめく。

「いえ、たまたまこちらに食事に来てましたら、先生方の笑い声が聞こえましたのでね。ちょっとご挨拶だけと思いまして。……それに」

と、意味ありげに言葉を切り、口元に小ずるい笑みを浮かべて父を眺めた。

「……いや、ちょっと悪い噂を小耳に挟みましたもので……、党の重鎮である先生方に何かとばっちりがあっても、と心配したものですから」

「悪い噂とは何だっ!?　君は私を中傷するするつもりかねっ？」

さすがに気色ばんだ父に、小久保は穏やかに返してくる。

「とんでもない。……しかし、その息子さんが持ってるバッグの中は何ですかね？　ちらっと聞こえたところでは、先生方への手土産だということですが」

「お…、おまえには関係ないっ！　さっさと失せろっ」

あせったように父がわめいた。

しかし、この男が能上が雪村の息子だと知っている時点で、すでに怪しかった。いったいそれを誰に聞いたのか？　このバッグを持ってくるのが、雪村の息子だと。

そんな大人げない二人のやりとりを、他の客の三人はどこかおもしろそうに眺めていた。

彼らには二人の対立も、二人の狙いももちろんわかっているはずだし、どちらに肩入れしているというふうでもなく、ただ――目の前で繰り広げられるドラマをを鑑賞し、人物を推し量ってるように見える。

「どうでしょう、久賀先生、私もその雪村先生の手土産というのを拝見させていただいてよろしいですか？　ちょっと興味がありましてね」

小久保のそんな言葉に、久賀が隣の秋澤から盃を受けながら、小さく口元で笑った。

「君は中身を知っているようだな？」

「予想している、というくらいですがね」

それにうなずき、小久保の期待に満ちた眼差しが父に突きつけられた。

「実は私の知人が今日の午後、こちらの…、雪村先生の秘書とある男が密会しているのを見かけましてね。その男から、……ほら、そちらのバッグが受け渡されたようなんですが。中は金、ですよねえ？」

「お…おまえには関係ないっ！」

父が悔しげにぎゅっと唇を噛みしめる。

「いや、私もそれをどうこう言うつもりはないんですよ、雪村先生。この仕事がどれだけ物入りかはよくわかってますからね。……ただ、その出所は問題でしょう。ええと…、オフィス・シグネットって会社、あれ、暴力団のフロント企業ですよね?」

「な…なんだと…!?」

どうやら本当に知らなかったようだ。小久保の指摘に、父の目が驚愕に見開かれる。

「そんな汚い金が先生方に渡って、もし追及された場合、あなた、責任がとれるんですか?」

畳みかけるように、小久保が激しく父を糾弾した。

……はっきり言って、端から聞いていると、正義の政治家としては糾弾するポイントがずれている気がする。

返す言葉を失ったように、父がぶるぶると震え始める。それを小久保が勝ち誇った顔で眺めている。

幕が引かれたように、座敷に沈黙が落ちた。

勝負あった、という感じだった。

観客席では、相変わらずのんびりと酒を酌み交わしながら、ちらっと三人の主賓が視線を交わしている。

そんな微妙な静けさの中、ふいにバサッ! と大きな音が響いた。

能上が手にしたままだったボストンバッグを、無造作に畳に落としたのだ。

ハッと、いっせいに視線が集中する。

「話はそれで終わり？」

拍手の代わりに、どこか飽きたようにのんびりと能上は口を開いた。

「あ…、いや、ともあれ、先生方の名前に妙な傷がつかずによかったですよ」

我に返ったように小久保が顔を上げ、おもねるように口にする。そして、ふん、と鼻を鳴らし、
能上が放り出したバッグに手を伸ばした。

「まったくこんなモノで地位を買おうなんて、腐った根性が問題ですな。情けない限りですよ。

……どうするおつもりですか、この金。まさかそのまま受け取るつもりじゃないでしょうな？」

ポンポンとバッグをたたきながら、小久保がねちねちと当てこすり始める。

それに全身を震わせていた父が鬼のような形相を見せ、いきなり小久保を押しのけてそのバッグを奪い取った。

「黙れっ！　違うっ、これはそんなモノじゃないっ！　も…もし、そうだとしても秘書が…っ、秘書の手違いで…っ」

「何を…、往生際が悪いヤツだな。おまえの息子が持ってきたんだぞ？　中を見ればわかることだっ」

逆に小久保が奪い返そうとバッグにつかみかかる。

「離せっ、くそっ、俺のだっ」

「だったら中を見せてみろっ、バカがっ」

一つのバッグを取り合い、ほとんど畳を転げまわるようなつかみ合いになっていた。まるで子供のケンカだ。

いい年をした大人のあまりにも醜い争いに、さすがに先輩の先生方が眉をひそめる。

と、その時だった。

バッグのファスナーが指に引っかかったのだろう、いきなり大きく開き、中のものがバサリ…、と畳に転がり出したのだ。

それに、あっ、と二人が同時に声を上げる。そして驚愕に目を見開いた。

「な…、何だ、これは……？」

二人の間で畳に落ちていたのは、帯でまとめられた白い胴着と空手部のウィンドブレーカーだ。

――そう、生野の胴着だ。

小久保は惚けたような顔をしていたが、父の方も劣らず呆然とした間抜け面をさらしていた。

それでもバッと顔を上げ、形相を変えて小久保が嚙みつくように能上に問いただしてくる。

「お…、おい、おまえっ！　何なんだ、これはっ？」

「何って言われても…、俺の友達の胴着ですけどね。縁起がいいですよ。なにしろ負けなしなんでね」

とぼけたように返し、にやり、と能上は笑った。

「金は…っ!?　金はどこへやったっ？」

能上の身体を揺さぶるようにして小久保が聞いたが、能上は肩をすくめてあっさりと返す。

「何のことですか？　俺が持ってくるように頼まれたのはこのバッグだし」

「そんな…！　いったいどこで……」

愕然とつぶやいた小久保の言葉が、すべてを自白したようなものだった。

つまり、金集めに奔走していた父の前にエサをちらつかせ、罠にはめようとしたのだ――と。

バッグの中身は、ホテルの部屋を出る前、知紘が生野のスポーツバッグと入れ替えていた。金は草下に持って行かせた。今頃は海外だろう。

いずれにしてもろくな金ではないのだ。出所が小久保なのか、ヤクザの方なのかは知らないが。

ちらっと振り返ると、障子の向こうで、知紘もにやにやしていた。生野もいつになく、口元で微笑んでいるようだ。

「なぜ……、おまえが……？」

父が呆然としたまま、まるで初めて見る人間のように能上を見つめてくる。

そんな中、久賀が喉で笑って口を開いた。

「いや…、今夜はなかなかおもしろいモノを見せてもらったよ、雪村先生」

「めったに見られない喜劇だな」

楽しげに秋澤が続ける。そして、顎で畳に転がった胴着を指した。

「それを我々がもらっていいのかね？　負け知らずの縁起物となるとうれしいね」

冗談か、本気なのか。

「それにしても、将来が楽しみな息子さんだな、雪村先生」

久賀がちらっと能上を見上げ、意味ありげに口元で微笑む。

「い…いや…、は……、どうもこれは……」

どう答えていいのかわからないように、頬を引きつらせて雪村がうめいた。

この息子の「将来」など、まともに考えたことはなかったはずだ。ましてや、自分のあとを継がせるつもりなどあるはずもない。

しかし父としては、なんとか命拾いしたわけだ。そしてその横で、思惑の外れた小久保が青い顔で悔しげに拳を握っている。

「じゃ、俺はこれで」

素知らぬふりで、能上はあっさりと言って部屋を出た。

中の様子をうかがいながら待っていた知紘と目が合い、おたがいににやりと笑い合うと、無言のまま、パン、と軽く手を合わせる。

「胴着、悪いな」

そして顔を上げて生野に言うと、生野が小さく肩をすくめた。

「あとで回収してくれ」

◇　　　◇

いくぶん高揚した気分で料亭を出ると、後ろから近づいてきた車がスッ…と横付けした。

運転席から顔をのぞかせていたのは、見たことのある千住の組員だ。

「頭がこちらに迎えに行くようにということで」

さすがにそつがない。自由に動き回っていた知紘の身を心配して、ということだろう。そういえば生野が時々、状況を報告していたようだ。

夜の八時をまわっていた。

ふと気がつくと、ヒマどころかジェットコースターに乗ったような一日だった。朝起きた時には、こんな一日になるとは想像もしていなかった。

それでも心地よく、充実感がある。

「……あぁ、近くの駅で停めてくれ」

思い出して言った能上に、横にすわっていた知紘が、えっ？　と高い声を上げた。

「なんで？　うちに泊まってくんでしょ？」

いつの間に決まったのか、当たり前のように口にする。

「いいのか？」

能上としては助かるが、妙に……気恥ずかしいというか、くすぐったいような気がする。

「部屋、いっぱい余ってるし。ま、男臭いのだけ、我慢してくれればね。……あっ、まだ父さんにも会ってないでしょ？」

「いや、それは」

別に、無理に会わなくてもかまわないのだが。まあしかし、恐いもの見たさというか、顔を見てみたい気はする。

車が千住の本家へと帰ってきてそのまま門をくぐり、玄関先で降りていると、あとからもう一台、車がすべりこんできた。

「かえりっさっせ――ッ！」

知紘たちの時も数人が迎えに出ていたのだが、今度はバタバタと家中の――だろう――組員たちが飛び出してきて、いっせいに集合してバッ、と頭を下げる。

待っていた一人の若い男が素早くリアシートのドアを開き、降りてきたのは三十過ぎくらいの、スーツ姿の男だった。

ゆったりとした物腰は、むしろサバンナの野生動物を思わせるような隙のなさだ。

男っぽい色気と迷いのない強靭さをにじませ、一瞬、ドキッとするほど印象的だった。

ちらっと玄関先にいた知紘に気づき、わずかに眉を上げる。

「なんだ、知紘、なんでおまえがいんだよ？　学校はどうした？　退学くらったか？」

ちょっと怪訝そうな声を上げる。

「なんで僕が退学くらうんだよ。連絡したでしょ？　瑞杜の寮が今、改修工事なんだってば。その間、ちょこっと帰省してんの。僕は父さんと違ってマジメな優等生なんだよ」

ふん、と鼻を鳴らして、知紘が返している。

能上はちょっと目を見張った。

父さん、ということは、この男が知紘の父親らしい。つまり、千住の組長だ。

骨太な体格といい、いかにも男っぽい風貌といい、まったく知紘と似たところはない。

それにしても若いな…、と驚いた。確か知紘は、組長が中三だか高一だかの時の子供だと言っていたが、なるほど、と思う。知紘の口の利き方も、ほとんどタメ口だ。

「おまえはネコのかぶり方がうまいだけだろ」

にやにやと、からかうように言い返した組長に、知紘がベーッと舌を出している。

「それも技術なんですー。僕は父さんみたいにいかにも悪党面じゃないしね」

親子関係は悪くなさそうだ。むしろ、年の離れた友達みたいな雰囲気にも見える。うらやむべきかどうなのか。

「つーか、見かけねぇ面があるな」

そして横にいた能上をまっすぐに見て、何気ないように組長が口にした。

何だろう…、何をされたわけでもなかったが、一瞬、迫ってくるような圧力に、能上は無意識に足を踏ん張ってしまう。

こんな子供相手でも容赦ない眼差しの強さ、だろうか。

どこか飄々《ひょうひょう》とした様子で、狩屋といったか、あの若頭ほど落ち着いた雰囲気ではなかったが、一気に牙を剝いて襲いかかる瞬発力——みたいものを、スーツの内に隠している感じだ。全身が警報を発するように、チリチリと肌が粟立つ。

「瑞杜の友達だよ。能上」

ざっくりと紹介した知紘に、意外そうに組長が眉を上げる。

「ほぉ…、友達。めずらしいな、おまえがうちに呼ぶのは」

わずかに組長から当たってくる気が緩み、ちょっとやわらかくなった気がした。その代わり、いかにも興味津々に、無遠慮に眺めまわされる。

「うちはうかつに誰か呼べるようなトコじゃないでしょ」

「じゃあ、そいつは呼んでもいいヤツだってことだ」

唇の端で小さく笑った組長に、まぁね、と知紘が肩をすくめる。

何と言っていいのかわからず、どうも、とだけ頭を下げた能上に、「ま、ゆっくりしてけよ」と機嫌よく言って、ポン、と能上の肩をたたく。そして、にやり、と笑った。

「いいツラしてんな、おまえ。卒業したらうちに来ねぇか？」

「何、勧誘してんだよ。ダメだって。能上は将来、悪徳政治家になるんだから」

能上が答える前に、横から知紘が口を挟む。

誰が悪徳政治家だ、と内心で能上はうなったが――そもそも政治家などなるつもりもない――

組長は豪快に笑い出した。

「そりゃいい。今から懇意にしとかなきゃなァ」

「瑞杜の生徒なのか？」

そしてどうやら、組長とは反対側から降りてきた男が、ちょっと驚いたように声をかけてきた。

やはり三十を超えたくらいだろうか。すっきりと端整な顔立ちで、スッ…と線が通ったような、きれいな姿勢の人だ。

「あれっ、遙先生、一緒だったの？」

知紘が驚いたように声を上げる。

「デートだよ、でぇとっ。おしゃれなレストランで、飯、食ってきたんだよっ」

「えっ、どうしたの、先生っ？　何か父さんに脅されてんのっ？」

横から自慢そうに口を出した組長に、知紘がさらに聞き返している。半分ばかり嫌がらせか、からかうような調子だったが。

「なんでだよ、ご褒美だよ。ちゃんと歯医者、行ったからなっ」

どこかいばるように言った組長に、知紘が白い目を向けた。

「歯医者って…。子供じゃないんだから、そんなのあたりまえなんじゃないの？　先生、甘やかしすぎだよ」

ビシバシと指摘した知紘に、遙先生、と呼ばれた男が苦笑する。

「まぁ、人の苦手はそれぞれだから。……それより、ええと、能上くん？　知紘くんの同級生にいたかな？」

考えこむようにした遙に、知紘がパタパタと手を振る。

「能上、高校からの編入だから、遙先生とは重なってないですよ」

「ああ…、そうなのか」

納得したようにうなずく。

「ていうか、父さん、苦手なものが多すぎなんじゃないの？　歯医者だの、飛行機だの。そんなんでよくヤクザの組長とかやってられるよね」

「あァ？　なんだとてめぇ…、子供の分際で親に因縁つける気か？」

「ホントのことだし」

「じゃかぁしいわっ」

相変わらずにぎやかな親子の会話を耳にしながら、このへんでようやく、あっ、と能上は気づいた。

つまり、この男が知紘のかつての担任で、組長の今の恋人——。

——男、だったのか……。

さすがに驚いた。あるいは、親子でそんなところも似たのかもしれないが、知紘が生まれたということは父親はそういう意味でストレートだと思っていた。が、よく言えばこだわらないおおらかさと剛胆さ、悪く言えば節操のなさ——、なのかもしれない。ヤクザの組長など、あちこちに愛人がいそうなイメージでもあるが。

ヤクザの本家を訪れ、友達の試合の応援に行き、父と秘書と政敵との騙し合いのような政界の悪事に巻きこまれ――本当に、恐ろしくめまぐるしい展開に襲われた一日だったが、最後に来たサプライズがコレだったらしい。

「楽にしてよね」

と、知紘が用意してくれたのは、どうやら知紘の隣の部屋だった。

和室の一室で、組員の一人が布団を運んで来てくれる。敷いてくれようとしたが、「大丈夫ですから」とあわてて能上は断った。

着替えや何かの用意もまったくなかったが、使ってよ、と出されたのは生野のものだろうか。知紘とはさすがにサイズが違う。

軽く出された蕎麦を夕食代わりにしたあと、先に風呂を借りて、さっぱりと汗を流した。

家庭用にしてはかなり大きな風呂だ。ふだんの寮の風呂ももちろん大きいのだが、いつも大人数でごった返しているので、独り占めしてこんなにゆったりと入れることはない。

借りたタオルを肩にかけたまま風呂を上がった能上は、広く複雑な造りの家にいささか迷いながら、なんとか二階の元の部屋にもどってくる。

風呂に行く前に自分で敷いた布団にごろりと横になり、ぼんやりと天井を見上げた。

初めてのことばかりで、まったく大変な一日だったな…、と思い返して、何となく口元で笑ってしまう。ヤクザの組長の家に泊まっているということ自体、ちょっと考えられない体験だ。

すると、ふいに隣から呼ばれたような気がして、ふっと身を起こし、何気なく襖《ふすま》を開く。

隣の知紘の部屋との境は、その襖一枚だ。

「国香？」

ガラリと目の前が開けた瞬間、正面のベッドの上で重なり合った二人の――生野と知紘の姿が目に飛びこんできた。

二人の視線が同時にこちらを向き、あ、と一瞬、息を呑んだあと、悪い、と反射的に片手を上げる。

とはいえ、それこそ「余ってる部屋はたくさんある」わりに、わざわざ自分の隣に能上を泊めた知紘の狙いは透けて見えた気がして、思わず、内心でチッと舌を弾いた。

案の定、襖を閉じようとしたら、生野の首に腕をまわして引き寄せながら、知紘がにやりと唇で笑った。

「特別に見せたげよーか？」

「野郎同士のまぐわいに興味はねぇよ。おまえ、見られながらやるのが好きなのか？」

「ま、たまにはね。見られる相手にもよるけど。ていうか、まぐわいって何…」

額に皺を寄せて言った知紘に、能上は無意識にうかがうように目をすがめる。

「俺には見られたいってことか？」

「いいかげん、中途半端に見られてるし？　能上もそろそろちゃんと見たいんじゃないかと思って」

クスッと知紘が意味ありげな笑みを浮かべてみせる。

「別に見たくて見てたわけじゃねぇけどな。……水、もらえるか？」

強いて淡々と、突き放すように言うと、能上はそんな言葉でかわした。

「下の台所で勝手にどーぞ」

ふん、と鼻を鳴らすように返され、能上は階下へと向かった。

台所――がどこにあるのかわからなかったが、とりあえず人の気配がある方へ向かうと、若い組員が何人か集まってくつろいでいた一室に行き当たる。

能上に姿にあせったように飛び上がった一人に、「水、もらえますか？」と頼むと、あわてて隣に取りに走ってくれる。ちょうど隣が台所だったようだ。

「なんでしたら、ビールもありますよ？」

「あ、大丈夫ですから」

未成年相手にナチュラルに勧められるが、とりあえず能上は断った。

グラスに一杯水をもらい、二階の部屋にもどると、案の定、というか、当然のように、隣は真っ最中だった。

「——んっ…、あ…んっ、あぁ…っ、いく…の…ぉ…っ」

甘くかすれた知紘のあえぎ声が、襖の間をすり抜けてくる。さっき、きっちりと閉じていかなかったせいで、ベッドの上で絡み合うその姿もはっきりと見えた。

知紘のシャツは前がすべてはだけられ、片肌が脱がされて、白い胸があらわになっている。生野の方は上半身がすでに裸で、大事そうに知紘の頬を両手でつかむと、軽く持ち上げるようにして唇を重ねた。

知紘もすがるように腕を伸ばし、その背中にしがみついている。

舌を絡め合わせて何度も深く口づけを交わし、いったん離した生野の唇が知紘の喉元から胸へとすべり落ちる。鎖骨に舌を這わせながら、指先が薄い胸をなぞり、小さな乳首を指で摘まみ上げた。

「あっ…んっ、あぁ……っ」

はぜるように知紘の上体が跳ね上がる。それでもその細い指がかき抱くように生野の頭をつかみ、髪に絡む。

「あっ…あっ…、やぁ…っ、そこ…ぉ…っ」

生野が片方の乳首を指でなぶりながら、もう片方を口に含み、さんざん舌先で押し潰すように転がしてから甘嚙みする。

舌足らずにあえぎながら、こらえきれないように身をくねらせた知紘の眼差しが、一瞬、間違いなく能上をとらえた。

赤い唇が艶やかに、満足げに微笑む。そして見せつけるみたいに伸びた知紘の手が生野の脇腹を艶めかしく撫で下ろし、中心へと触れる。すでに兆していた生野の中心に絡み、こするように撫で下ろす。

「ち…ひろ、さん…っ」

ぶるっと身震いするようにして上体を起こした生野がそのまま膝立ちし、知紘が手から離れたモノを追いかけるみたいに身を起こした。

「そのまま、じっとしてて」

あやしく濡れた眼差しで生野に命じ、ぺたんと腰をつけてベッドにすわりこむ。そして知紘は再び生野の中心に手を伸ばした。同時に顔も近づけ、赤い舌を触れさせる。

「ん…っ…」

生野が低くうめき、ビクン、と腰を揺らしたが、知紘はかまわず生野の先端を舌先でくすぐるようになぶり、軽く吸い上げるようにしてからいったん口を離した。男のこぼした先走りが、知紘の唇から長く糸を引く。

それを指先で拭ってから、知紘は男の筋に沿って舌を這わせるようにし、あっという間に成長した男をいとおしげになめ上げた。さらに張りつめたモノを口の中にくわえこみ、顔を上下させるようにしてしゃぶり上げる。恍惚とした、淫らな表情で。

知らず、ドクッ…、と能上の身体の奥が熱を持つ。

「ち…ひろ…さん…っ」

「だめ…っ」

必死に何かをこらえるように生野の表情がゆがみ、伸びた指が知紘の髪をつかんで引き離そうとしたが、知紘はぴしゃりと制して、さらに深く男をくわえこんだ。

生野の指が知紘の髪に食いこみ、ガクガクと腰が揺れ、すでに離そうとするよりも押しつけるみたいに動いている。

「……んっ…、ふ…っ、ふ…ぁ…」

知紘がいくぶん息苦しげにあえいだ。

「ダメ……です…、もう…っ」

低くうめいた生野が唇を噛みしめ、髪をつかんでようやく知紘の口を引き剝がした。そして大きく息をつくと、陶然としたままの知紘の顔を両手でつかみ、荒々しく唇をふさぐ。

そのままの体勢から知紘の身体をベッドへ押し倒し、片足を高く抱え上げた。足先から内腿へと、なめるように唇を這わせていく。

「や…っん…っ、生野…っ」

焦らすように足の付け根から中心までを何度も舌で愛撫する生野に、知紘が腰を震わせる。隠すように、あるいはねだるみたいに細い指が自分の中心に触れる。

「知紘さん」

生野がその手を優しく払いのけ、知紘の中心をためらいなく口に含んだ。

「あぁぁぁ……っ」

知紘が大きく身体を反らせたが、生野は口を離さず、両膝を押さえこむようにしてさらに激しくしゃぶり上げる。

「あぁっ、いい……っ！」

知紘の手が生野の髪をつかみ、押しつけるようにして腰を振り立てる。

「ふ…あっ、あぁっ…、もう……っ」

こらえきれないように身もだえる知紘の根元を指で押さえこみ、いったん生野は口を離した。息をつき、一度表情を確かめてから、再び知紘の下肢に顔を埋める。根元の双球を転がすように丹念にしゃぶって奉仕し、さらに奥へと舌を伸ばしていく。知紘の腰をわずかに抱え上げて行き着いた窪みに舌をねじこみ、唾液を送りこむようにして執拗な愛撫を加えている。

ぴちゃぴちゃと密やかに濡れた音が、甘くかすれたあえぎ声に重なって耳に届いた。

ハッと、いつの間にか二人の姿を見つめて立ち尽くしていた自分にようやく能上は気づいたが、すでに目を離すことはできなかった。

それこそ野郎同士の、ではあったが、不思議と嫌悪感はない。違和感もなかった。

生野の強く揺るぎのない思いと、そして知紘の絶対的な生野への信頼を知っているからだろうか。この二人なら、と。

「生野…っ、いくのぉ…っ、も…、早く……っ」

生野の腕に抱えられた知紘の足先の指が伸びきり、両方の指でシーツを引きつかむようにしてねだっている。

ようやく身体を起こした生野が、知紘の腰の間に指を沈めた。知紘の表情を確かめながら何度も抜き差しし、思い出したように切なく震えていた知紘の前をもう片方の手で握りこむ。

「あぁぁぁ…っ！　あぁっ、あぁ…んっ…、あぁ……っ」

何度も繰り返し、波が押し寄せるように前後に刺激を与えられ、知紘の顔に溶けるような恍惚とした表情が浮かぶ。

先端から淫らに蜜を溢れさせ、生野の指がそれを拭うようにしてさらに屹立した茎にこすりつける。そのまま指先で先端をいじるように刺激され、たまらず知紘の腰が跳ね上がる。

「――ひ…ぁっ、あぁぁっ、あぁっ、もうっ、もうっ……イク……っ」

ガクガクと腰を振り乱す知紘から無慈悲に指を抜き去り、生野がいきなり知紘の身体をひっくり返した。

「はっ…、あっ…、——生野…っ？」

ベッドにつんのめるようになり、あせったように知紘が声を上げたが、かまわず生野は後ろから知紘の腰を抱え上げる。

「欲しい、ですか……？」

すでに着崩れていた知紘のシャツをすべて脱がし、背中から身体を重ねて、生野が耳元でささやいている。

焦らすようなそんな問いに、肩越しに振り返った知紘が一瞬、目を見開き、それからふわりと笑った。

「欲しいに……決まってるだろ」

男を誘う、甘くかすれた言葉。蠱惑的な笑み。

「生野が…、欲しい」

もちろん自分に向けられた言葉ではない。

だが瞬間、ドクッ…、と能上は、身体の中心で自身が反応してしまうのを感じる。

大きく息を吸いこみ、生野がいくぶん手荒に知紘の腰をつかんだ。そしてすでに硬く張りつめた自分の男を知紘の後ろにあてがい、一気に貫いた。

「つっ…、あ…っん…っ、あぁぁぁぁ……っ！」

瞬間、知紘の背中が大きく反り返す。

しかしかまわず、生野は強引に知紘の腰を引き寄せ、さらに激しく突き立てた。

何度も何度も。反射的に逃げようとする腰を押さえこみ、圧倒的な力で引き裂くように細い身体を貪る。

知紘のこらえきれないあえぎ声と、生野の低いうなり声が濃密に空気を揺らす。

——獣だった。いつもの落ち着いた、自分を律するように知紘の側にいる男ではなかった。

いや、それでも同じ男なのだろう。

すべて、知紘の望みなのだろうから。

きわまった声を上げて、一瞬、伸びきった知紘の身体ががっくりと力を失って崩れ落ちる。生野の方も、ほとんど同時に達したようだ。

大きく息をつき、ゆっくりと知紘の中から引き抜く。そしてシーツに沈んだ知紘のきれいな背中に、そっと、優しいキスを落としている。

「ん…、生野……」

満足そうに淡く微笑み、肩越しに振り返った知紘と、唇でついばむような甘いキスを交わす。

押し殺すようにして息を吐くと、能上は静かに襖を閉じた。

やがて隣の部屋の、廊下側のだろう、引き戸が開く音がして、ぎしり…、と廊下がきしむ音が遠ざかる。

「大丈夫ですか…？」

と、心配そうな生野の声が小さく聞こえ、どうやら二人で風呂場にでも向かったのか。

布団に入り、いったん目を閉じた能上だったが、身体がほてっているせいか、なかなか眠れず、しばらくしてトイレに立った。顔を洗って、熱を抑えようとする。

出てきて部屋にもどろうとすると、ちょうど生野が階段を上がってくるところだった。

暗闇の中で能上と目が合って、わずかに見開く。

知紘は——生野の腕の中だった。いわゆる、お姫様だっこ、だ。

二人とも浴衣姿で、どうやら知紘は疲れて寝落ちしたらしい。小さな寝息を立てている。

気を利かせて能上が部屋の引き戸を開いてやると、生野が礼を言うようにちょっと頭を下げて中へ入り、丁寧に知紘の身体をベッドへ寝かせた。薄い布団をしっかりと喉元まで掛けてやっている。

「大変だな…、お守り役は」

そんな様子を後ろから眺めながら、能上は小さく笑うように言った。

よくやるよな、と、なかば皮肉な調子で。

「その顔の傷もどうせ、国香絡みだろ」

それにゆっくりと振り返った生野が、静かに返してくる。

「大変だと思ったことはないな。大変な役目だとは、いつも思ってるが」

その言葉にふっと、能上は口をつぐむ。

「……なるほどな」

そして、ため息交じりにつぶやいた。

「それほど価値のある男か？　ま、カラダの方は人に見学させるだけあって、ずいぶんとイイようだけどな」

能上のそんな言葉に、生野がわずかに目をすがめる。

「妙な気は起こすなよ」

瞬きもせずに能上をにらみ、低く釘を刺してきた男に、能上は軽く肩をすくめた。

「別に国香とどうにかなりたいと思うほど、俺は命知らずじゃねぇよ。めんどくさそうな相手だしな。おまえみたいにハイハイ、なんでも言うことを聞いてやるほど、俺はドMでもねぇし」

そしてちらっとうかがうように眺める。

「いつからの関係なんだ？　つーか、いつからつるんでるんだ、おまえら？」

「初めて会ったのは五歳の時。初めて知紘さんを抱いたのは、中学を卒業した時だ」

生真面目に答えた生野に、能上はあきれてため息をついた。

「よく飽きねぇな…」

「知紘さんに飽きることは一生ない」

さらりとまっすぐ返された言葉に、一瞬、能上は息を呑む。ふいに笑いたくなった。

「そりゃそうか。あれだけ人の事情に首をつっこんでちゃな…。毎日が波瀾万丈だろうぜ」

確かに、今日一日知紘と一緒にいてよくわかった気がする。

「今日のことは、おまえが絡んでたからだ。知紘さんはおまえを…、気に入ってるからな」

「気に入ってる?」

眉を寄せ、能上は思わず首をかしげた。反射的に、生野の後ろのベッドで寝ている小さな影に目をこらす。

「似ているからだろう。まわりの誰が敵か味方かわからない。……もちろん、それは誰でもそうだ。だが知紘さんもおまえも、その判断ができなければ命取りになる」

淡々と続けられた言葉に、能上は思わず息を詰めた。

――自分のまわりには、敵しかいなかった。

そのことはわかっていた。だが、だからといって困ることはなかったはずだ。

だがそれは、誰とも深く関わらずに一人で生きていくということだった。

と、ふと思いつく。いくぶん硬い口調で能上は言った。

「俺は…、政治家になるつもりもないし、なれるとも思わない。……もし、おまえや国香が将来的にそのつながりを期待してるんならな」

「おまえが何になるかは関係ない」

そんな能上をまっすぐに見返して、静かに生野が返してくる。

「知紘さんは多分、今はおまえを試している。おまえも、もしかすると、自分自身も」

「え…？」

一瞬、混乱した能上だったが、ふと、思い出した。

『この世界は戦争なんだから。ちゃんと味方になる人間を探さなきゃ』

以前、知紘に言われた言葉だ。能上に、ではあったが、知紘自身、自分に言っているようでもあった。

――味方になる人間。信用できる人間、ということなのか。

相手を知って、考え方や行動を理解して。

共感できるのか、ともに行動ができるのか。手を貸してやれるのか、貸してやりたいと思えるのか。意見を対立させたとしても、本心をさらけ出させるのか。

いつも手探りで探してる。

「なるほどな…」

能上はようやく、かすれた声でつぶやいた。

無意識に、指が前髪を掻き上げる。いつも前髪を上げているウサギは、今は外していたが、能上にとっては何となく、力をくれる唯一の味方のような気がしていた。

――だが。

少なくとも今日、知紘は――そして生野は、自分の味方になってくれた。それがどれだけおもしろく、心地よく、力強かったか、能上自身、感じていた。本当に初めての感覚だった。

「俺を……買いかぶってんじゃなきゃいいけどな」

能上はそんな言葉で、じっと生野を見る。生野がそれに小さく笑った。

「知紘さんはめったにその手の間違いはしない」

その言葉が、何か深く、心臓を貫いてくる。

身体の奥がじわり、と熱くなった。

もしかすると、自分は見つけたのだろうか？

一人、……いや、二人の、新しい味方を――。

end.

# あとがき

こんにちは。今年も1冊、このシリーズがお届けできてよかったです。……もっと頻繁に書いている気がするんだけどな（笑）

相変わらずな連中の、相変わらずなお話なのですが、今回は遙さんの家族にまつわるエピソードになります。組長と会っちゃったおかげで、やはり苦労が絶えないようですね。それでもやっぱり遙さんの気持ちは決まっているので、組長にはしっかりとフォローしてやっていただきたいと思います。というわけで、書き下ろしの方は柾鷹視点です。柾鷹としては、特に大きな事件は起きていないのですが、案外、カッコイイ…？　ところが見られるのかもしれません。いつになく、というところがダメな感じですが。そしてもう一編は知紘ちゃんたちのお話。前巻の「例会にて」の中の「shool life」に出てきました、能上くんが再登場です。知紘ちゃんとしては初めての友達なのかな。ま、生野はおいといて、ですが。今回はその能上くん視点で千住組の様子を垣間見たり、そしておたがいにこういう友人関係だと、ああいう事件に巻きこまれたり、という感じでしょうか。あっ、そういえば、私の中のラスボスであるあのお方もちらっと、こんなところに出てきてました。ふふふ。能上くんはこの先も、ちょこちょこと関わってくるんでしょうか。

知紘ちゃんや生野とも、こう、絶妙なスタンスでつきあいが続き、一緒に大人になっていってくれると先々おもしろくなりそうです。

さて、イラストをいただいておりますしおべり由生さんにはいつも本当にありがとうございます。今回はイラストとしては初お目見えの能上くんがすごくカッコ可愛く、いや、本当に将来が楽しみですね！　表紙も今回はスーツの組長がかっこよく決まっていて、とても素敵です。来月の雑誌ではコミカライズもしていただけるということで（あっ、こちらは組長と遙さんのお話…のはず）、とてもうれしいです。そして編集さんにも、相変わらずバタバタとお手数をおかけしております…。いつもいつも申し訳ありません。次回はもう少し何とかしたいと…っ。懲りずにまたよろしくお願いいたします。

そしてこちらの本、最凶のシリーズにおつきあいいただいております皆様にも、本当にありがとうございました！　じわじわと世界が広がっておりますが、彼らと一緒に新しいキャラやエピソードを楽しんでいただければありがたいです。

それでは、また新しいお話でもお目にかかれますように——。

10月　おでんのおいしい季節です。いろんなつみれを入れるのがマイブーム。

水壬楓子

## 初出一覧

choice —訣別— ／小説b-Boy（'14年11月号）掲載したものに加筆いたしました

choice another side —柾鷹の想い— ／書き下ろし

come home —お泊まり— ／書き下ろし

ビーボーイスラッシュノベルズを
お買い上げいただきありがとうございます。
この本を読んでのご意見・ご感想をお待ちしております。

〒162-0825 東京都新宿区神楽坂6-46
ローベル神楽坂ビル5F
リブレ出版（株）内 編集部

リブレ出版WEBサイトで本書のアンケートを受け付けております。
サイトにアクセスし、TOPページの「アンケート」から該当アンケートを選択してください。
ご協力をお待ちしております。

リブレ出版WEBサイト　http://www.libre-pub.co.jp

SLASH
B-BOY NOVELS

# 最凶の恋人―ある訣別《けつべつ》―

2015年11月20日　第1刷発行

■著　者　水壬楓子


■発行者　太田歳子
■発行所　リブレ出版株式会社

〒162-0825　東京都新宿区神楽坂6-46 ローベル神楽坂ビル
■営　業　電話／03-3235-7405　FAX／03-3235-0342
■編　集　電話／03-3235-0317

■印刷所　株式会社光邦



Printed in Japan
ISBN 978-4-7997-2728-7